飞行

Aviation

一个诗人的旅行记

蔡天新 著

上海

嘉兴

杭州

EASTERN AUSTRALIA
ROAD TRANSFER CONNECTIONS

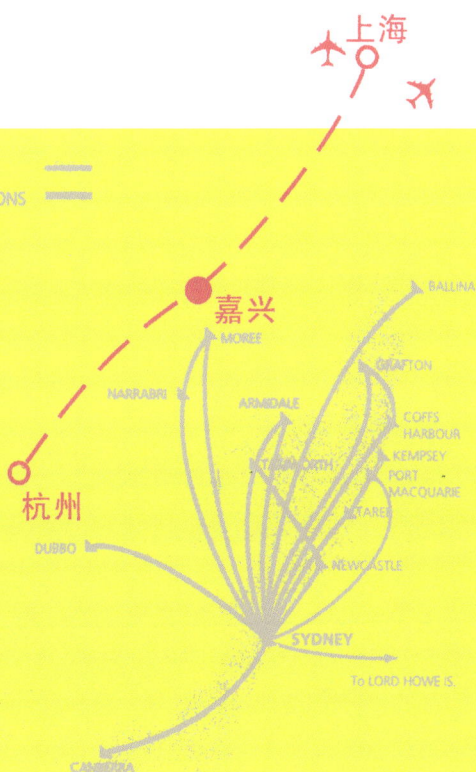

BALLINA
MOREE
GRAFTON
NARRABRI
ARMIDALE
COFFS HARBOUR
KEMPSEY
PORT MACQUARIE
TAMWORTH
TAREE
DUBBO
NEWCASTLE
SYDNEY
To LORD HOWE IS.
CANBERRA

ZHEJIANG UNIVERSITY PRESS
浙江大学出版社

飞 行

当飞机盘旋，上升
抵达预想的高度
就不再上升

树木和飞鸟消散
浮云悄悄地翻过了
厚厚的脊背

临窗俯瞰，才发现
河流像一支藤蔓
纠缠着山脉

一座奢华的宫殿
在远方出现
犹如黄昏的一场游戏

所有的往事、梦想和
人物，包括书籍
均已合掌休息

2000.5 蔡天新 波哥大—圣保罗

目 录

49天环游世界

0. 写在前面的话 7

1. 启程：沪杭线上 9

2. 浦东国际机场 11

3. "汉莎"的菜单 14

4. 遥想成吉思汗 18

5. 穿越西伯利亚 23

6. 滞留法兰克福 27

7. 月光下的艾菲尔塔 30

8. 探访拉雪兹公墓 35

9. 塞纳河畔的酒香 39

10. 作为中转站的伦敦 42

11. 艾略特的《猫》剧 45

12. 剑桥和布莱顿 49

13. 飞越北大西洋 55

14. 马提尼克岛 59

15. 马拉开波湖 62

16. 麦德林狂欢节 65

17. 硕士论文答辩会 69

18. 卡利的夏天 73

19. 告别哥伦比亚 76

20. 经停赤道线上 81

21. 飞越印加帝国 84

22. 到达圣地亚哥 87

23. 造访聂鲁达故居 90

24. 瓦尔帕莱索 94

25. 玛丽安娜的爱情 98

26. 我飞进了南极圈 101

27. 从阿根廷到新西兰 104

28. 塔斯曼海和毛利人 108

29. 留有衣缝的悉尼 112

30. 阿米代尔之旅 116

31. 穿越千岛之国 119

32. 樟宜国际机场 124

33. 从南海到东海 128

34. 饭冢数学会议 131

35. 阿苏火山之旅 135

36. 原子弹的长崎 140

37. 尾声：回到起点 144

初访欧罗巴

1. 飞抵巴塞罗那 *151*

2. 阿拉伯数字的旅行 *154*

3. 巴斯克少女 *157*

4. 学术报告与酒会 *160*

5. 地中海最大的港市 *163*

6. 安东尼·高迪 *166*

7. 巴塞罗那第一街 *170*

8. 直布罗陀之梦 *173*

9. 奥林匹克和足球之乡 *176*

10. 告别宴会和旅游王国 *180*

11. 从巴塞罗那到尼斯 *183*

12. 微型小国：摩纳哥 *187*

13. 早餐之前去了意大利 *191*

14. 从蒙特卡罗去往巴黎 *194*

15. 环法自行车赛抵终点 *197*

16. 蓬皮杜中心和北岛 *200*

17. 圣母院与双曲螺线 *203*

18. 毕加索与街头画家 *206*

19. 东方孤身的旅行者 *209*

20. 圣米歇尔车站爆炸 *212*

21. 巴黎的流动银行 *215*

22. 最后一班地铁 *218*

23. 诗人与外交家 *221*

24. 卢浮宫和阿波利奈尔 *223*

25. 嘴唇是智慧的触角 *226*

26. 从笛卡尔到庞德 *228*

27. 迷失在巴黎的中国人 *231*

28. 青年旅店和购物 *234*

29. 从巴黎到莫斯科 *237*

30. 返回：另一个世界 *240*

访谈：我的生命由旅行组成 *243*

后记 *251*

49天环游世界

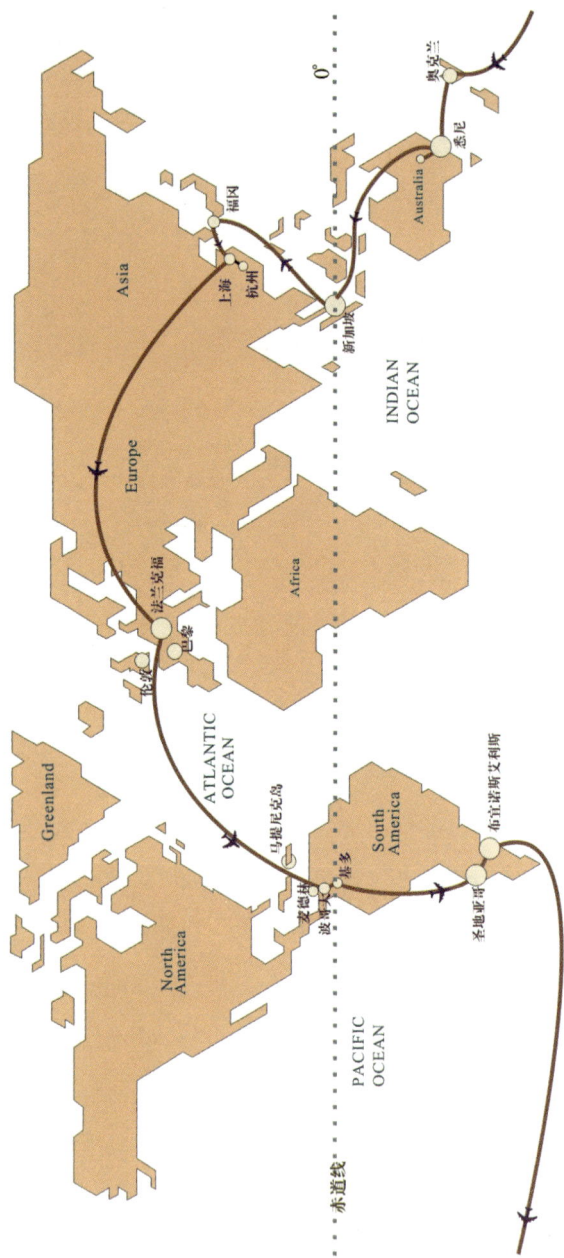

作者环游世界路线图

0. 写在前面的话

这并非我有意为之的环球旅行，却是我有生以来的第一次，也是仅有的两次中收获较丰的一次。这次旅行的起因是这样的，我要返回南美洲的安第斯山中。确切地说，是哥伦比亚共和国的第二大城市麦德林，为我曾经访问并执教过的一所大学主持一场研究生论文答辩会，并为我主持的一个科研项目结题，却在不经意间环绕了地球一圈。

这次旅行所经的路线大致如下：亚洲、欧洲、美洲、澳洲、亚洲，并在南太平洋的一次飞行途中与南极洲擦肩而过。时间虽短，但却经历了春、夏、秋、冬四个季节，并两次穿过了赤道线，除了大西洋和太平洋以外，还飞越了印度洋的一小片水域。

坦率地讲，假如有人和我分享了这次旅行，我本不会动笔去写这篇游记的。假如我不去写这篇游记，我旅途中遇到的人和事就会被淡忘，甚至会从我的记忆中消失掉。即使我写了这篇游记，假如没有人把它翻译成别的语言，也不会有故人在有生之年看到它。因此，我这篇游记是写给旅途之外认识或不认识的读者的。

Feixing

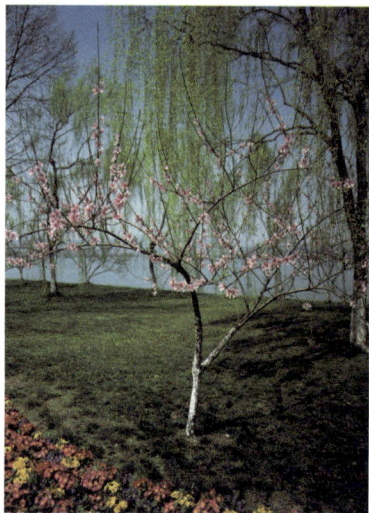

西子湖畔的一棵桃树。作者每年从这里出发去看世界。(《城市画报》供图)

考虑到上述因素，文中出现的人物名字就没有必要全是真名。事实上，许多有趣的人我连姓名都没有问及。但我有一个习惯，我所写到的每一件事必是亲身经历的，只是为了阅读上的方便，才作了个别时间意义上的调整。因此，万一出现了某种偏差，那也是由于我的记忆错误，而不是故意所为。

不知道对读者而言，这个习惯是好事还是坏事。我向来以为，人们是出于内心的某种需要才去阅读或相信别人的文字的，不然的话，恐怕连最浪漫的电影故事也卖不出去。顺便提一下，我在旅途中结识的一位年长的朋友——意大利作家约塞夫·孔蒂曾无可奈何地告诉我，"编故事是一个人缺乏生活经历不得已而为之的一件事"。

1. 启程：沪杭线上

　　杭州新客站，新世纪的第一个春节刚过，天气仍十分寒冷，回家省亲的人大多未踏上归途，乘客们三三两两地通过检票口（只要这个机构还存在，就说明我们的文明需要努力建设）。考虑到旅行所经国家的季节变化，我披上一件样式古旧的外套，打算把它留在浦东机场的更衣室，就像是一枚多级火箭，我开始了漫漫的征途。

　　那时候尚没有地铁，窗外的景色早已熟视无睹，不易被人察觉的一点是，绿色和田野在一天天地减少。很快我便发现，今天车厢里的气氛比较活跃，大家都在热烈地交谈着。或许，这是节日带来的喜庆，也可能是短途客车的缘故。对面坐着一位叫山田的中年日本人，他穿着一件粗呢的休闲西装，没系领带，左手捏着一只娃哈哈矿泉水瓶，里面的饮料像是凉透了的红茶。

　　我之所以能够准确地判断出山田的国籍，是因为他和他身旁的女友——一位穿戴时髦的电厂职员之间的交流不时借助于纸上的汉字。尽管如此，在长时间的情感生活之后，山田变得更像是中国人，而他的女友倒有了日本人的味道。当我略带惊奇地发现山田能讲简单的英语时，他也收起了笔，与其说他找到了一个翻译，倒不如说是出于对英语的尊敬。

山田在中国经营一家乳品企业，拥有数十万的饮户，算是一名比较成功的企业家了。山田告诉我，他在日本的母公司连年亏损，全靠中国子公司的盈利补贴，这种现象如今已比较普遍。现在，一个小小的疑问产生了，日本人可是只喝绿茶的。山田摇了摇手中的容器，原来里面装的是苏格兰威士忌，为了掩人耳目，女友想出了这一妙计。

山田一家三代对酒精有着特别的嗜好，他的听觉因此受到了严重损伤。他叹息说，现在的日本经济就像当年的西班牙王国和大不列颠一样江河日下。明天，山田就要从上海飞回横滨老家，有意思的是，当他抵达位于东京湾西侧的成田机场时，送客的女友仍还在返回杭州的铁路线上。而我那时已经有预感，在本书所提及的数十座岛屿里，日本的九州将会是最后一个出现。

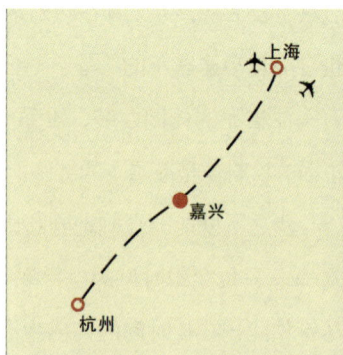

从杭州到上海。

2. 浦东国际机场

上海有着得天独厚的地理优势，它位于波涛汹涌的长江的入海处，有一条吃水很深的黄浦江贯穿市区。在所有大河入海处形成的城市中，上海无疑是最重要的。上海的缺点也显而易见，既没有一处海湾，也没有一座山峦，尤其让人感到遗憾的是，见不到一滴湛蓝的海水。因此，大多数市民一生从未想过要步行或骑车去看看几十千米外的大海，这一点注定使上海成为一座讲究实效的城市。

上海人的浪漫情怀大多是由外国人培养起来的，也就是说，只有一小部分人迷恋上了西式生活。从这个角度出发，就不难理解浦东机场的造型为何如此简洁明快，它既让人挑不出毛病，又没有一处舒适的场所可以眺望城市（抒发离情别意）、飞机的起降（尤其是在雨中），抑或近在咫尺的大海。

在办理登机手续的时候，我遇到了一对河南来的母女。女儿小谢今年刚过二十，在英国曼彻斯特大学念书，这会儿寒假结束，准备返校了。虽然读懂国际机票上的外文地名不成问题，她却把日期给搞错了，结果早来了上海一天。幸好小谢在沪上有一位热情的小姨，也算是为她俩的再度相聚创造了一次良机。

作为一位成功的私营集团老总的太太，谢夫人的爱女之情溢于言表，不仅千里送女到上海，还担心她的手提包超重，过不了海关。对此做母亲的爱莫能助，把女儿委托给了我，谁让我轻装一身呢。放眼望去，和我们同乘一架飞机的少男少女还真不少，看来今天的飞机要满座了。

近年来，英国和欧洲大陆一些发达或欠发达国家的教育部门，为吸引中国富裕人家的子女自费留学争得不可开交，结果有了不久以前前复旦大学校长杨家福教授受聘英伦虚职一事，明明是在做广告，却被我们的媒体炒个没完。事实上，只要稍加分析，就不难看出破绽，英国人既然要从中国聘任一位校长，为何挑选一位退了休的呢？

作者在浦东机场领取登机牌。

登机牌：上海—法兰克福。

　　当然，我无意在此否定这位物理学家出身的校长，事实上，从杨先生后来的言行来判断，他比起其他在任的中国同行来更具教育家的风范。我甚至想起了吉米·卡特，这位美国前总统也是在退休以后赢得了更为广泛的声誉。过去的二十多年间，欧洲对中国留学生的吸引力一直不如美国，这回终于瞄准空子，打了一个翻身仗。

　　按照国际惯例，所有旅行社开出的机票上都写明，每位乘客托运行李不得超过二十千克，随身的手提包则限制在五千克以下。可是，经常出门的人心里明白，后面一条只是表面文章，就像高速公路上的限速标志，唯有摄影机暗藏或警车出现时才生效。而今天，警笛鸣响了：航班满座，因此谢夫人的担心是有道理的。

　　经过探测仪的时候，我和小谢交换了提包，检查人员主要根据乘客的手感来判断分量，因此我们顺利过关。没想到，进甬道的时候，突然有工作人员出现，拎起小谢手中那只沉甸甸的提包，我急忙上前打圆场，声称我们同路，还好，那人没有检查我们的登机牌，否则会发现，我们俩甚至连目的地都不一样。

3. "汉莎"的菜单

"汉莎"（Lufthansa）是德国最主要的航空公司，也是欧洲最大的航空公司之一。虽然它的历史不如荷兰皇家航空公司（KLM）悠久，这个名字却至少在 15 世纪就已经存在了。那时，波罗的海和北海沿岸的一些市镇，在汉堡、不来梅和卢卑克的领导下，松散地结合成一个"汉莎同盟"，用以对付日渐强大的北欧海盗，这也形成了德意志的雏形。

"汉莎"的空姐是清一色的日耳曼人，她们的服务质量一点也不比别的航空公司出色。说实话，对于长途旅行的乘客，东方姑娘的微笑最能驱除疲惫。可是有一回，我乘坐飞越大西洋的航班，在地面能见度仅有几十米的雾中降落法兰克福机场，居然让人毫无察觉，引得全体乘客热烈的掌声。从此以后，我便信任德国人的飞行技艺了。

到达预设的高度以后，人们照例松了口气，起飞以前演示试穿救生服时的紧张气氛消减了。空姐推出了服务车，我要了一小瓶白葡萄酒和一包花生米，随手得到了一份菜单。黄色的封面上画着多种切开

的水果，颇为诱人，我打开来，里面用中英德三种文字书写，其中的
一页内容如下：

开胃小菜

熏鲭鱼及豆芽色拉

圆面包，干酪及黄油

中　　餐

猎人烧烤酱炒牛肉

加芥兰花，胡萝卜条及马铃薯蓉

鲈鱼排佐香草黄油

配什锦素烩及托斯卡纳米饭

甜　　点

咖啡蛋糕

晚　　餐

椒盐鸡

配三色圆椒及蛋面

海鲜通心粉

配番茄碎，菠菜及乳酪白酒料

Menu

"汉莎"菜单的封面。

甜　点

梨子馅饼

（备有筷子，请吩咐）

（或许有时不能供应您所选的，请接受我们的歉意）

4. 遥想成吉思汗

　　算起来，这是我第五次飞往欧洲，也是第四次从中国大陆飞往欧洲。依然是穿越蒙古戈壁和西伯利亚的航线（据说早些年有走中东航线的，后来由于战事频繁取消了），只不过这一回是在隆冬。有意思的是，在飞过华北平原和内蒙古草原以后，皑皑白雪突然消失不见了。原来，除了西北部的湖区盆地以外，蒙古国全境都属于大陆性气候，冬季寒冷，日照充足，干旱的土地上几乎无雪。

　　整整三十年前，那次著名的飞机失事曾震惊了年幼的我，至今仍留在无数中国人的记忆里，那座仅有一万多居民的小镇温都尔汗，以采煤业为主要收入，就在黑龙江上游的一条支流——克鲁伦河河畔。这场事故的政治意义显而易见，它加快了当时极度封闭的中国与西方亲近的步伐，促成了次年初春美国总统里查德·尼克松访华（我认为这次访问对中国的意义堪与十月革命相比）。据说克鲁伦河是蒙古民族的发源地，可惜我在飞机上既看不清河流，也无法判断温都尔汗的所在。

　　如果没有成吉思汗，蒙古国是否存在当然值得怀疑，亚洲的历史想必要重新书写，甚至东西方之间的碰撞和了解也会推迟很多年。12世纪末，蒙古人几乎是在完全默默无闻的状态下，突然闯入了历史，他们占领过的地域之广至今无人可以相比。其实，在成吉思汗以前，蒙古人便以骑术和勇猛善战著称，他们突袭中国北部的事件时有发生，只不过那时他们把主要精力放在内部的倾轧上。

成吉思汗拥有超群的军事、外交和组织才能，以及冷酷的个性魅力，故而被推举为"普天之下的皇帝"，开始了一次次的远征。虽然蒙古人曾经拥有过的疆域是如此广阔，却一直是个游牧民族，在成吉思汗病死宁夏六盘山的时候，蒙古帝国的首都喀喇和林还只是一座荒野小镇，大约在今天乌兰巴托西南三百多千米处。

说起喀喇和林，在威尼斯人马可·波罗之前，就有两位欧洲人慕名

"一代天骄"成吉思汗。　　成吉思汗的孙子——忽必烈。

前来。第一位修士柏朗·嘉宾是受教皇的派遣，他从法国的里昂出发，万里迢迢来到喀喇和林，正是他首次使用了 Cathay（神州）一词，至今仍是香港最大的航空公司的名字。另一位修士鲁布鲁克则是从君士坦丁堡出发，渡过黑海，经南俄罗斯草原和中亚进入蒙古高原，他在喀喇和林逗留了半年多，《鲁布鲁克游记》首次出现了 Mense（蛮子）一词，那是当时的北方人对南宋的蔑称。

我突然想到，假如成吉思汗的孙子——忽必烈（正是他赐予马可·波罗以黄金通行证）当年不曾下令迁都大都（北京），中国的史学家们恐怕要对这段历史一筹莫展了，很可能把蒙古人的占领看成是纯粹的外敌入侵。那样的话，元朝就是一个殖民地的时代，而明太祖朱

蒙古国简图。　　★ 喀喇和林　★ 乌兰巴托　◎ 温都尔汗　～ 克鲁伦河

作客总统府邸，与总统先生合影。

元璋也就成民族英雄了。

　　值得一提的是，1368 年，即忽必烈迁都还不到一个世纪，元顺帝就被逐出北京，返回到喀喇和林。可是，僧人出身的朱元璋并没有就此罢休，他在采取包括废除宰相在内的一系列巩固独裁政权的措施以后，派兵夷平了喀喇和林（其时他已经做了二十年的皇帝），那次战役仅俘虏就达七万多人。

　　在遭遇了这次毁灭性的打击以后，蒙古人再也没有缓过劲来，他们默默地建立起了乌兰巴托，原先那不过是一个游牧部落季节性的停靠站。20 世纪中叶，蒙古人在苏联考古学家的帮助下，重又发现了窝阔台（元太宗）王宫的遗迹。我相信，如果蒙古国对中国游人开放，以上提到的几个地点都会成为游客的必到之处。遗憾的是，窝阔台的父亲——成吉思汗的葬身之地仍是一个谜。

　　值得一提的是，五年以后，即 2006 年秋天，我应邀来到了乌兰巴托，参加一个世界性的诗人聚会。那次我是从北京起飞，除了朗诵诗歌、与各国诗人交流以外，还被当时的蒙古总统那木巴尔·恩赫巴亚尔接见宴请。这位文人出身的总统与我原先心目中的蒙古汉子颇有出入。他早年求学莫斯科的高尔基文学院，后留学英伦，是英国小说家狄更斯的蒙文译者，还曾把蒙古史诗译成英文，在当选总统以前一度担任文化部长。

那次诗歌节的规格之高，是之前和之后我参加过的许许多多诗歌活动所无法相比的（除了最近一次，即 2011 年格林纳达诗歌节，尼加拉瓜总统亲自担任组委会的名誉主席）。记得开幕式是在国会大厦议员们开会的大厅，恩赫巴亚尔总统亲临会场并听完了所有的朗诵。那次宴请安排在郊外的总统夏宫，蒙古包坐搭建在草地上，戴高帽的侍女一个个美丽惊艳。总统在露台上与各国诗人谈笑风生，没有其他官员，翻译也只是装饰。他与我们大家一一握手，且单独合影，而不是那种领袖接见式的集体照。

高帽美女。作者摄

5. 穿越西伯利亚

接下来是西伯利亚的漫漫长夜，唯有几颗孤星在窗外闪烁。荧屏上显示的航路对我来说一点也不陌生，我想起十个月前，我搭乘英国维珍航空公司的飞机从上海前往伦敦，一位无锡出生的空姐和我聊得甚欢，她居然从驾驶舱里要来一份飞行员使用的航路图，为我的地图收藏增添了一幅珍品。

在到达莫斯科之前，维珍和汉莎的航线应该大致相同，我从手提包里取出那幅地图，在西伯利亚的那段航路上找到了贝加尔湖畔的名城伊尔库茨克（Irkutsk）。值得一提的是，靠窗的邻座是温州外贸局的两位官员，他们到欧洲替本市的几家小工业品厂家推销产品，对我尤为珍惜的地图毫无兴趣，两人一直在小桌板上玩扑克牌来消磨时光。

有时，我会走到客舱中间的连接处，透过圆形的瞭望窗俯瞰大地，间或出现几处零星的灯火，这片"沉睡的土地"（西伯利亚在鞑靼语里的原意）并没有给我带来睡意，倒是令我想起列夫·托尔斯泰古稀之年创作的小说《复活》和由此改编的同名电影，故事里的男主人公聂赫留朵夫因良心受到谴责，陪着曾被他诱奸尔后堕落并被诬告的姑娘去西伯利亚服刑。

还有那位年事已高、在西方定居二十年后重返祖国的苏联作家索尔仁尼琴。半个世纪以前，索尔仁尼琴因为在私人通信中对斯大林有不敬之词被判处八年徒刑和"永久流放"。起初，由于他就读罗斯托克大学数学系时所掌握的科学知识，被留在莫斯科郊外从事窃听装置的研究，可是不久，他便被转而押往西伯利亚。

显而易见，克格勃们发现，索尔仁尼琴在实验物理学方面缺乏创

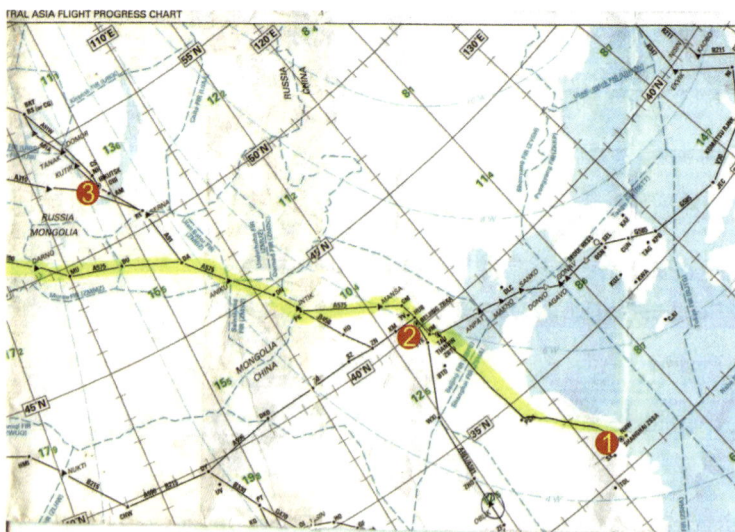

维珍航路图：从上海到伦敦。（局部）　❶上海　❷北京　❸伊尔库茨克

索尔仁尼琴。

造性。这方面他与法国数学家拉普拉斯的命运有别，后者虽然出身贫寒，却靠着数学和天文学上的天赋和成就被封贵族，法国大革命后他本来要遭殃，但因为善于计算和描绘炮弹的运行轨迹而获得了特赦。

斯大林去世后，索尔仁尼琴重获自由，又过了大约十年，拒绝了帕斯捷尔纳克《日瓦戈医生》的文学杂志发表了他的《伊凡·杰尼索维斯的一天》。这部关于劳改营的处女作可能是继《复活》之后讲述西伯利亚流放生活的最有名的故事，不仅为作者赢得了巨大的声誉，同时也使得灾难再次降临在他头上，尤其是在他进一步揭露劳改营制度的《古格拉群岛》在国外出版以后，他被剥去衣服并立即放逐西方。

在湄公河畔的金边，波尔波特的集中营如今已成为当地最吸引游客的景点之一，即使在整个柬埔寨，恐怕也只有吴哥窟可以胜出。可是在俄罗斯联邦，在广袤的西伯利亚，劳改营依然是神秘莫测的地方，当然也没有作为旅游资源对外开放。这可能是一个大国才有的精神负荷，它缺少在世人面前承认错误的勇气，就如同今日的美利坚深陷伊拉克的泥沼不能自拔一样。

值得一提的是，索尔仁尼琴对早他六年获得诺贝尔文学奖的同乡肖洛霍夫颇有微词，认为其唯一的代表作《静静的顿河》是抄袭之作，理由之一是作者当时的年纪尚轻，没有生活阅历。索氏自己的文字倒是有根有据（似乎文学水准稍显逊色），"一句真话要重于整个世界"，听起来像是经过"文革"磨难后中国作家的肺腑之言，他不仅是苏联持不同政见者的代言人，也俨然成为 20 世纪的一个道德权威。

6. 滞留法兰克福

在飞过了莫斯科（忽必烈占领过的城市）和圣彼得堡之后，飞机进入了波罗的海上空。我开始遥想今晚的目的地——法兰克福。她的全称是"美因河畔的法兰克福"（Frankfurt am Main），以别于德国东部的另一座城市"奥得河畔的法兰克福"（Frankfurt an der Oder）。

奥得河畔的法兰克福是一年后的那个夏天我从波兰乘大巴进入德国境内到达的第一座城市，紧接着我坐火车到达了美因河畔的法兰克福，并在候车室的酒吧里观看了韩日世界杯中巴之战下半场的片段（那年夏季我辗转在十一个国家观看了比赛）。不过，美因河畔的法兰克福对我来说始终意味着诗人歌德，他在那里出生并成长到十七岁。

歌德的外祖父曾是一市之长，虽然当时法兰克福的规模还比较小。歌德被认为生来具有一种"能够在相互排斥的两极之间自由翱翔的本领"，这样的才能不是一般人可以拥有的，不仅如此，"在这个满面春风，彬彬有礼的人身上隐藏着一种预言家式的深深的忧伤"，正是这两点成就了歌德。值得欣慰的是，多年以后，我应邀来到此城，在久负

盛名的书展上朗诵自己的诗作。

我还记得，19世纪中叶，英国小说家查尔斯·狄更斯在《游美札记》中谈到纽约百老汇大街上的猪时曾提起，"在美因河畔的法兰克福，1481年后在老城养猪是非法的，但在新城和萨克斯豪森（美因河南岸法兰克福一区名），这种习俗仍然不足为奇。"如今，法兰克福已是欧洲最大的航空港，成为闻名遐迩的"圈鸡场"了。两百多个登机门令人望尘莫及，要知道新落成的浦东机场才有三十六个登机门。

我在法兰克福下飞机以后，开始了长达十七个小时的等待，这是许多从中国出发经欧洲去往南美或非洲的旅客不得不忍受的煎熬。法兰克福不像东京成田机场那样为隔夜换机的乘客提供免费的住宿，而且旅馆全在海关外面，加上刚刚建成的卡西诺尚未开始营业，因此我注定要在中转大厅的坐椅上过夜。

从外表上看，法兰克福机场形同一条恐龙，简单实用但算不上华丽美观，有一辆无人驾驶的轻轨高架列车（Skyline）反复穿梭于两个候机大厅之间，而真正陪伴我的却是两张不断翻新的到达和离港航班时刻牌，我直到对照随身携带的地图册搞清楚所有用德文书写的航班目的地才罢休。

有个值得欣慰的插曲，当我用投币电话和斯图加特的德国诗人托

3 44 – B 48
B 42
B 30 – B 33
B 50 – B 59
B 19/B 20　　B 23
B 22　　B 24 – B 28

Terminal ①

Tunnel

Sky Line
Station A

A 51 – A 65
A 8 – A 25

A 26 – A 42

nalbahnhof
nal trains

information

Taxi

3epäckausgabe
Baggage claim

Bus
Public buses

Parken
Parking

Mietwagen
Car rental

Parkplatz für Behinderte
Parking for Disabled

Pendelzug Sky Line
Shuttletrain Sky Line

Treffpunkt
Meeting point

Pendelbus
Shuttlebus

Stand August 2000
As of August 2000

拥有两百多个登机口的法兰克福机
场俯瞰图，绿线表示无人驾驶的轻轨。

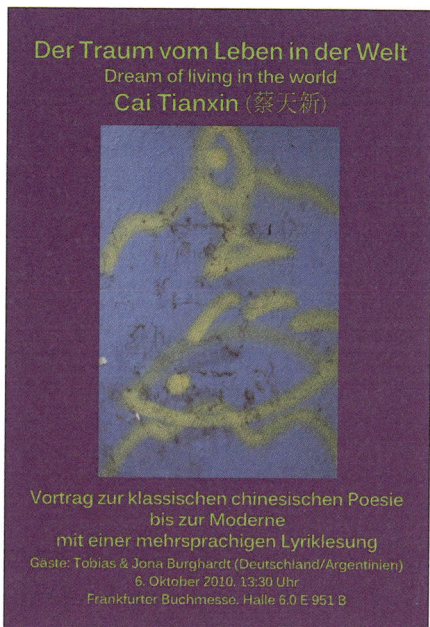

Der Traum vom Leben in der Welt
Dream of living in the world
Cai Tianxin（蔡天新）

Vortrag zur klassischen chinesischen Poesie
bis zur Moderne
mit einer mehrsprachigen Lyriklesung
Gäste: Tobias & Jona Burghardt (Deutschland/Argentinien)
6. Oktober 2010, 13:30 Uhr
Frankfurter Buchmesse, Halle 6.0 E 951 B

作者做客2010年法兰克福书展的海报。

比亚斯·布加特取得了联系，他立刻回拨给了我。我和布加特相识于哥伦比亚的麦德林诗歌节，后来借助于英语和西班牙语把对方的作品翻译成汉语和德语，我们相约在次年瑞士的苏黎世诗歌节上重聚。

　　出乎我的意料，子夜一点以后，法兰克福机场有四个小时无航班起降，而在我的记忆里，旅客吞吐量少许多的印度新德里机场却是全天候开放。除了两个国家的工作效率有高低之分以外，当然还与它们的国际地位有关。随着玻璃大厅外面的夜色逐渐稀薄，我又开始想像飞越大西洋的旅途。

7. 月光下的艾菲尔塔

上午十点，我终于结束了在法兰克福空港漫长的等候，爬上一架直飞波哥大的空中客车。与上一个从中国出发的航班相比，这条横跨大西洋的汉莎航线乘客明显偏少，以至于当年即被取消了，如今到安第斯山中那座名城的旅客需要在马德里、巴黎或大西洋彼岸的亚特兰大、迈阿密中转。

离开法兰克福以后，飞机首先飞越了以贸易和金融业见长的卢森堡大公国，那座位于峡谷两侧的首都一年以后曾被我多次造访，她是美国的"二战"英雄——巴顿将军的葬身之地，街上驶过的宝马和奔驰车比例之高堪称世界之最。接着，飞机径往英吉利海峡，从巴黎和伦敦之间穿行而过。

整个法兰西北部被白雪覆盖着，冬天是回忆的季节，尤其当机舱里只有我一个东方人的时候。我首先想到的依然是巴黎，上个世纪最后一个夏天，我游历了巴尔干和亚平宁半岛后从罗马飞抵达夏尔·戴高乐机场，其时这座闻名遐迩的空港的 2E 候机厅尚未建成（不久以前发

旅法作家、电影导演戴思杰。

生的那场可怕的坍塌事故埋葬了两位中国公民）。虽说那回不是我初访花都，更不是最后一回，仍有几次聚会和场景难以忘怀。

20 世纪 90 年代以来，福建诗人宋琳一直居住在巴黎，他的妻子莉莉是法国人，原先是他任教的上海华东师范大学的留学生，因为他的诗名嫁给了他，这使他有机会来到世界艺术之都——巴黎。巧合的是，我到达巴黎的前一天，宋琳刚从南太平洋的法属殖民地新喀里多尼亚岛归来，他的岳父母多年以前移居那里，他和妻子把儿子送去消夏，自己一个人溜了回来，这使得我的住宿问题迎刃而解。

除了宋琳以外，这座城市至少还有一位我相知的朋友：巴黎大学建筑学博士候选人、中国早期先锋小说的实践者——南方。在他们的共同引荐下，我认识了巴黎的几个中国人：画家兼诗人马德生、电影导演兼小说家戴思杰（那时候他尚未写出轰动一时的《巴尔扎克和小裁缝》）、女高音歌唱家吴竹青（她的皮夹里藏着与雅克·希拉克的合影）。

　　马德生是个典型的北方汉子，为人爽直、脾气暴躁，年轻时想必也曾风流倜傥。移居巴黎以后的一个夏天，他携女友在纽约兜风，遭遇严重车祸，女友当场身亡，而他从此坐在了轮椅上。幸亏拿画笔的手无碍，在残疾人备受关爱的法国，他的生存不成问题，还不时有计时女工上门服务。

　　一天晚上，马哥盛邀我们几个到他家里共进晚餐，并约了四位活泼可爱的保加利亚姑娘。有意思的是，最漂亮的尼娜也是舞跳得最出色的，这给了我一展舞技的机会和激情。稍后，各位诗人轮流献诗，马哥那首臭名远扬的《门》法文版（*La Porte*）则把晚宴推向了高潮。

三个男诗人在巴黎。

子夜时分，我们与主人依依惜别，乘坐末班公交车前往戴思杰的寓所。车厢里没有别的乘客，借着酒兴，我们忘乎所以地高声谈笑。没想到司机起了妒心，一路未作停靠，直接把我们送到终点站。我们投诉无门，只好重新搭乘计程车，可是由于各位喝高了，或者招手的姿势不够谦恭，竟然被几辆空载的的哥拒绝。最后还是一位黑人兄弟心肠软，把我们送到目的地。

戴兄出生在成都，毕业于川大历史系，到了巴黎以后才投身电影业。多年以来，他一直是法国唯一可以独立执导故事片的中国人，如今终于出人头地了，讲述"文革"故事的《巴尔扎克和小裁缝》仅法文和英文版就热销了上百万册，被他自己拍成电影后风靡全球。虽然戴兄用法语写作，但在我的印象里，他的书架上摆满了中文版的《世界文学》和《外国文艺》。那天晚上，我们自是天南海北，无所不谈。

吴竹青擅长演唱马斯内、比才和齐内亚的歌曲，当晚不失时机地献上一曲圣桑的《我心花怒放》，出自三幕歌剧《参孙与莉拉》。这则源自《圣经》的故事讲的是力大无比的希伯来人参孙的一个秘密，最后被情妇莉拉所出卖。几年以后，我在一次中东之旅中把这个典故写成了诗歌（见附）。那天夜里，无论我们走到哪里，都可以见到艾菲尔塔，它在月光下的巴黎格外迷人。

参孙的秘密

他的秘密暴露在外
可是却无人知晓
非利士人难以将其击败
他的右臂魔力无穷

他可以放置露水
在石头和草地上方
也可以驱动云雾
在海洋和天空之间

他最后束手就擒
在情妇莉拉的床上
他的敌人收买了她
从中探出了秘密

在一次床第之欢之后
他睡得那样香甜、沉实
被迅速地剃光了头发
他的软弱无以复加

07/04, 贝鲁特

8. 探访拉雪兹公墓

由于四年前的第一次巴黎之行我已经大体上完成了观光任务，包括各主要景点和博物馆的造访，因而此番重游显得尤为轻松。一天下午，在宋琳的陪伴下，我去了城东的拉雪兹公墓。拉雪兹本是"太阳王"路易十四的忏悔神父，深得这位在位72年的国王宠爱，特意赏赐一座豪华别墅给他，直到19世纪才改为公墓，因此叫做"拉雪兹神父公墓"。

我和宋琳从西南的一个边门进入，首先看到的是一排宽阔的台阶。我们拾级而上，发现前方有一位头戴墨镜手持鲜花的窈窕淑女，时髦的穿着加上优雅的步态，透射出一股神秘的力量，把我们的目光吸引住。我和宋琳不约而同地想起侦探电影里的场景，同时猜测，这位少女会把鲜花献给哪一位名流呢？

公墓里街道纵横，虽不像布宜诺斯艾利斯的恰克里塔那样有门牌号码和广场，却也排列得整整齐齐。我们首先发现的是布尔盖街上的巴尔扎克墓，半身的塑像前摆放着游客敬献的鲜花，因为波德莱尔葬

N E S O

Père-Lachaise（拉雪兹神父公墓）地图上主要标注文字：

- Mur des Fédérés
- Avenue Circulaire
- Porte de la Réunion — Piétons Bus 76
- Porte de la Réunion
- Pacthod
- Avenue Transversale N°3
- Avenue Transversale N°2
- Avenue Transversale
- Greffülhe
- Carette
- Avenue Aguado
- Avenue du Puits
- Avenue Principale
- Avenue Latérale du Sud
- Avenue Latérale du Nord
- Colombarium Crématorium
- Avenue des Combattants Étrangers morts pour la France
- Chemin du Quinconce
- Avenue Feuillant
- Avenue des Thuyas
- Service des Cimetières
- RUE DES RONDEAUX
- Porte Gambetta : Piétons, Véhicules
- M Gambetta Bus 26, 60, 61, 69, 102
- Jardin du souvenir
- Chemin des Anglais
- Chemin des Acacias
- Chemin Lauriston
- Avenue du Dragon
- Chemin du Dragon
- Chemin Denon
- Chemin Serre
- Chemin Léger
- Chemin Grammont
- Chemin Lesseps
- Rond-Point Casimir-Perier
- Chemin Casimir-Perier
- Avenue Carette
- Avenue des Ailantes
- Chemin Mont-Louis
- Chemin du Bastion
- Chemin de la Cave
- Chemin Casiera
- Chemin Molière et La Fontaine
- Avenue Morys
- Monument aux morts
- Conservation
- RUE DU REPOS
- Porte du Repos
- Porte des Amandiers — Piétons
- M Père-Lachaise Bus 61, 69
- BD DE MÉNILMONTANT
- AVENUE GAMBETTA
- SQUARE SAMUEL-DE-CHAMPLAIN
- Rond-Point des Travailleurs Municipaux
- Chemin Errazu
- Avenue de l'Ouest
- Chemin Gosselin
- Chemin d'Ornano
- Chemin Luzaraga
- Chemin Bourget
- Avenue Bain
- Avenue Circulaire

图例说明：

- C = Numéro de Colombarium
- 123 etc. = Numéro de la Division
- 123 etc. = Numéro des Tombes des Personalités
- M = Philippe Auguste

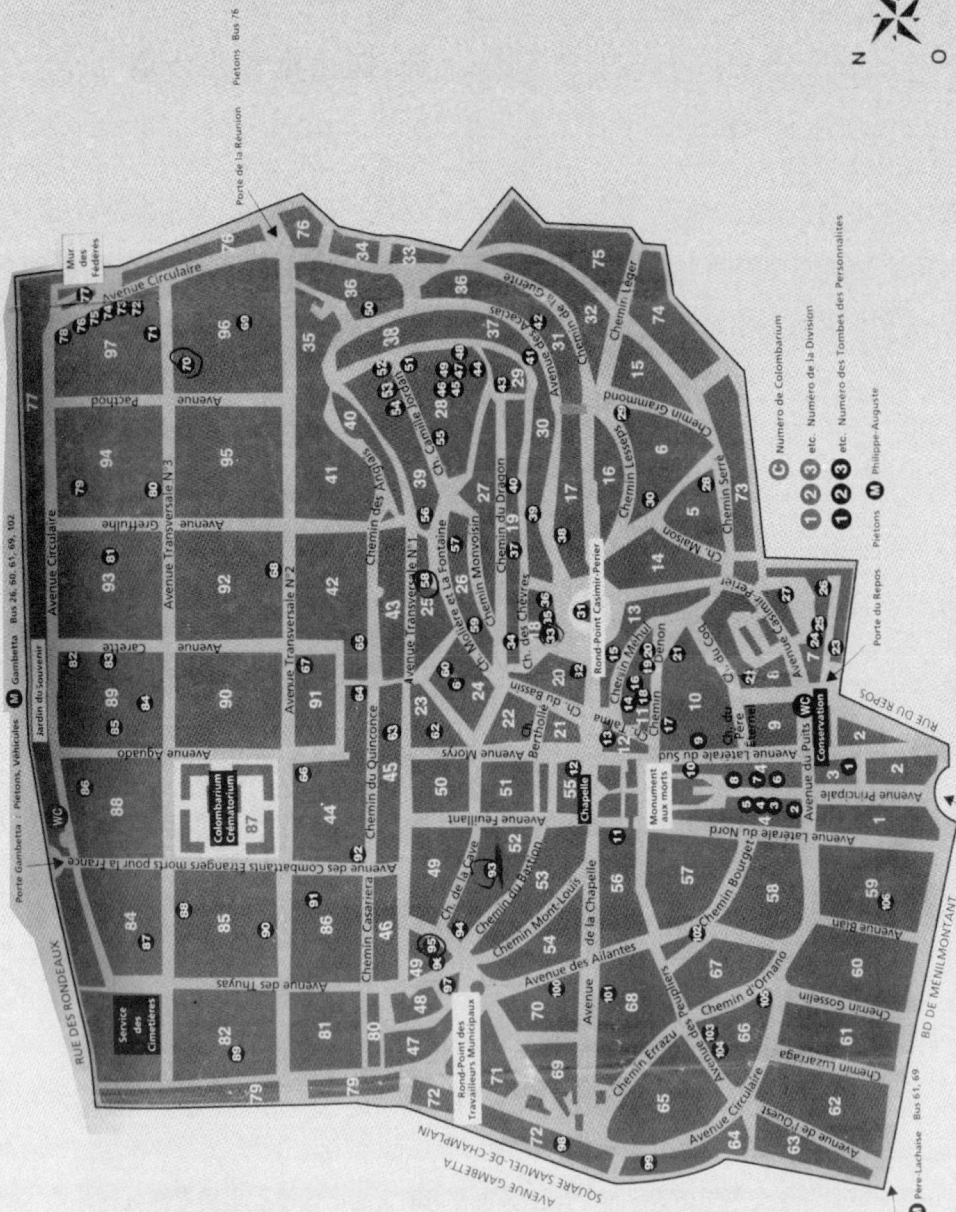

91 阿波利奈尔	61 科罗	76 恩斯特	33 蒙日
97 巴尔扎克	11 大卫	8 福雷	90 普鲁斯特
16 贝里尼	95 德拉克罗瓦	93 梅洛·庞蒂	3 罗西尼
10 比才	74 伊莎多拉·邓肯	70 莫迪裏阿尼	104 修拉
20 萧邦	76 艾吕雅	58 莫里哀	83 王尔德

在蒙巴纳斯，雨果迁葬先贤祠，能在此与巴尔扎克地位抗衡的法国作家唯有莫里哀和普鲁斯特了。说到莫里哀，由于他的喜剧里有冒犯神职人员的台词，下葬时遭到教廷的反对，葬礼被迫在夜间秉烛进行。

这条街的尽头坐落着意大利作曲家罗西尼之墓，他以歌剧《塞维利亚的理发师》和《威廉·退尔》留芳，但此地却空有墓穴，他的灵柩一个世纪前就已经移葬佛罗伦萨的圣克劳斯教堂了，在那里他与同乡但丁、米开朗琪罗、马基雅弗利等比肩。罗西尼的小老乡、画家莫迪里阿尼依然躺卧在墓地的东北角，离巴黎公社纪念墙不远，那个角落里还葬着我喜爱的法国诗人保尔·艾吕雅。

长眠拉雪兹的优伶中，以美国舞蹈家伊莎多拉·邓肯和法国演员萨拉·伯恩哈特最引人注目。邓肯在中国几乎成了偶像，因为她自传的出版、传奇性的死亡以及与俄国诗人叶塞宁的爱情纠葛名声远扬。而萨拉则是现实生活中的茶花女，她是荷兰名妓的私生女，大文豪雨果和

阿波利奈尔之墓。
墓碑上刻着他的图像诗《心》。

爱德华七世的秘密情人，19 世纪法国最负国际声誉的女演员。中年开始在世界各地巡回演出，60 岁那年在南美登台时不幸撞伤右膝，10 年以后被截肢。

可是，据我观察，墓前鲜花摆放最多的却是两位英年早逝的未婚男子：作曲家肖邦和诗人王尔德。王尔德是真正意义上的爱尔兰才子，在伦敦社交界和艺术界以才智和浮华闻名，《笨拙》杂志乐于以他为讽刺和挖苦的对象。作为唯美主义诗歌的代言人，王尔德主张"为艺术而艺术"，他到巴黎不久，其优雅的言谈和风度又征服了上流社会。

比起王尔德来，肖邦的艺术显然更容易被大众感知，因而名声更为响亮，并早已远播到了中国。有一年夏天，我曾亲赴华沙，拜访了葬有他心脏的圣十字架教堂，同时到他位于郊外小村热拉佐瓦·沃拉的故居聆听了一场钢琴音乐会。那是一个淫雨霏霏的下午，有一位钢琴家独坐在他的故居里面弹奏，四周围绕着数十位世界各地来的听众。

9. 塞纳河畔的酒香

　　巴黎的美丽到了夜晚更是无处藏匿。一天晚上，我和宋琳步出他靠近塞纳河的家，在一条僻静的小巷里漫步，忽然见到一名白人青年，双手挽着两个姑娘，从后面快步走过，我脱口用英文喊到，May I share one？没想到人家非常大方，有个姑娘旋即停下来挽住我的臂膀。无须相互介绍，我们依偎着走进附近的一家酒吧。

　　第一次，我在巴黎见到有那么多人一起跳舞。当乐队奏响一首爵士舞曲时，我邀请旁边一位孑然一身的女孩，她苗条的身材犹如东方女性。可是，当她随我起舞时，就像一条随时可能从我的手心里滑出的泥鳅。稍后我才知道，原来她在等她的心上人，一位面目夸张的时髦女郎，她答应和我跳舞纯粹是出于礼貌。

　　离开巴黎前的最后一天，恰逢北岛的五十诞辰，他的众多老板朋友中的一位设宴祝寿。记得那是在拉丁区的一家餐馆，除了马德生和吴竹青，前一次聚餐时的中国人都被邀请参加了。来宾中还有巴黎大学副教授、汉学家尚德兰，以及几位非文学界朋友。和四年前相比，北岛此次巴黎之行更显孤单（上回他还带着爱女），尤其是这样的寿宴，身边竟然没有一位红颜知己。

酒过三巡以后，我突然感到一丝悲凉，下意识地借故离开了。北岛送到餐馆门外，我给他一本从雅典带回的挂历作为生日礼物，隐约记得是类似于古代春宫图一样的小挂历。北岛给了我一张最新的名片，上面写着他在美国的详细联络方式。正是这张小小的卡片，帮助他两年后首次获得去南美旅行的机会。

其中有个鲜为人知的插曲，当麦德林诗歌节主席费尔南多·拉东同意我的提议，邀请北岛参加下一届诗歌节并提供双程机票不久，从斯德哥尔摩传来了消息，经济拮据的哥伦比亚人知道那意味着什么，

巴黎白教堂的街头画家和他们的主顾。作者摄

突然改变了主意。假如不是我据理力争，要求他们信守诺言，恐怕十年以内都不会向中国诗人发出这份邀请了。麦德林诗歌节以听众踊跃遐迩闻名，却因为缺乏安全性，极少有诺奖得主愿意赏光。

关于那个夜晚我的去向曾经是人们猜测的话题，疑点集中在保加利亚姑娘尼娜身上。而我唯一可以透露的是地点，那是塞纳河畔难得僻静的一家酒吧。还有一则公开的秘密是，在我离开巴黎的当天晚上，在另一个朋友做东的另一次宴会上，早已恢复自由身的老北岛遭遇到了激情，那是跨越大西洋两岸一段短暂的佳话。

值得一提的还有，若干年以后，既将退休的尚德兰借着中法文化年的东风，来杭州举办了一次个人影展，中国诗歌界的多位精英专程前来捧场，令她高兴得像个小姑娘似的。《南方周末》整版刊登了对她的采访，话题当然围绕着汉语诗歌。我突然担忧了，整个汉语诗歌押宝在这位年老瘦小的单身女子身上，她如何承受得了。而以英语诗歌为例，无论是法语还是汉语诗歌界，均是倾其精华来译介。

10. 作为中转站的伦敦

　　当飞机穿越法国北部，我的感觉就像是掠过巴黎的颈项，自东向西依次是传统意义上的历史区域——香槟和诺曼底。后者以第二次世界大战盟军登陆地点闻名，而前者则是香槟酒的发源地和唯一产地。香槟是一种高级的发泡葡萄酒，其口味浓郁清新，据说与当地的土质有关，喷洒香槟如今已成为 F1 大奖赛颁奖典礼上不可或缺的程序。

　　随着英吉利海峡的临近，当年两个主要的登陆地——小城卡恩和瑟堡在电视屏幕的航路图上依稀可辨。那次登陆无疑是上个世纪最为人称道的海外出兵，加拿大和英国军队负责攻击东海滩，加拿大投入的军力虽不及美国和英国，却因此获得了丰厚的回报，包括使其顺利成为 G7 组织的成员。

　　诺曼底登陆的意义不仅在于帮助盟军迅速取得胜利，还在于它对以后半个世纪甚至更长时间的国际关系起了主导作用。每当大西洋两岸的关系出现微妙的变化，美国就会重提二战往事，以此来缓解西方阵营的内部矛盾。而作为美国最坚定盟友的英国，此刻正盘踞前方，

诗人胡冬在伦敦的家门。作者摄

在我的记忆之光映照下隐隐显现。

本世纪的第一缕春光即将初现之际，我搭乘维珍航空公司的一架航班从上海抵达了伦敦。在欧洲三大名城中，伦敦是我最后探访的处女地。尽管有整整十天的闲暇时光，可是，我早年初访巴黎和罗马的激情不再，至少做笔记的好习惯丢失了，现在只能凭借模糊的记忆来回忆。

当初我接到哥伦比亚安第基奥大学的邀请，准备去梦寐以求的南美大陆时，我首先面临的是中转站的选择。由于远东到南美的距离非常遥远，需要十五个小时以上的飞行时间，而现有的民航客机无法提供如此长久的服务（如果将来可以的话，恐怕也容易引发乘客的身体不适甚或某种疾病）。

选择伦敦的主要原因是，我那时已经造访了北美的所有名城，而欧洲大陆与波哥大通航的城市全是在申根国家（如西班牙的马德里、德国的法兰克福、荷兰的阿姆斯特丹），即使我未曾游览以后也有的是

一位波兰共产党员在卡尔•马克思墓前。作者摄

机会。出乎我意料的是，英国签证是如此顺利，无须任何邀请，当天我就在上海商城的领事馆取到了。

接下来遇到的一个问题是，英国没有一家航空公司同时飞上海和波哥大，这无疑增加了旅行费用。不得已我购买了维珍的单程机票，横跨大西洋的航班就等到了英国以后再选择。与此同时，我也在寻找伦敦的落脚点，以往我经常投宿青年旅店，可这次带着两个行李箱，需要一个寄存的地方。

我因此和伦敦大学的赵毅衡博士互通了妹儿，赵博士早年写诗，后来成为著名的英美文学研究专家和文化批评家，十几年前我就是他翻译的两卷本《美国现代诗选》的读者。我和赵博士素昧平生，没想到他不仅一口答应让我寄存行李，还热情地邀请我住到他府上。这样一来，我就在热切而温馨的期待中，首次飞越了英吉利海峡，抵达伦敦西郊的希思罗国际机场。

11. 艾略特的《猫》剧

走过希思罗长长的甬道，乘坐 Piccadilly 线，四十五分钟就到了市中心，再换乘两次地铁向南，穿过泰晤士河下面的隧道，用了大约一小时的时间，我找到离开温布尔顿不远的 Runnymede 街 131 号。那便是赵博士的家，一幢带小花园的两层排屋，他在门厅里和我相见，其时他那位名声远扬的小说家夫人虹影刚好去瑞典参加笔会了，只留下她的姐姐帮助料理家务。

赵博士谈吐的锋芒一点不减当年，我的意思是，与他的年龄相比，他使用语言的频率快极了，观点直截了当且有说服力，这从他后来发表在《书城》和《万象》杂志上的一系列文章也可以看出，准确的判断让人心领神会。由于赵先生教务繁忙，接下来的十天时间里，从成都移居伦敦的诗人胡冬就成了我的主要玩伴。

胡冬的情况与巴黎的宋琳大致相同，他因为娶了一位英国留学生迁居海外，他的妻子凯利是一个快乐自在的中学教师。巧合的是，胡家和赵家相距不远，这在偌大的伦敦甚为难得。作为一名早慧的诗人，

Feixing

伦敦地铁风景。作者摄

胡冬的成名作《乘一艘慢船去巴黎》表达了他对法兰西的向往，而他后来却径自来到了伦敦。

从第二天开始，我白天游览市容、黄昏与胡冬小聚、入夜再回到赵家。伦敦的名胜之多不亚于巴黎和罗马，泰晤士河畔的伦敦桥和伦敦塔，议会大厦、大笨钟和威斯敏斯特教堂，还有因电影《魂断蓝桥》出名的滑铁卢桥；相对开阔的公众聚集地：海德公园、特拉法斯特广场、莱切斯特广场和考文特花园；其他游客的必到之地：大英博物馆、泰特美术馆、伦敦蜡像馆、白金汉宫、唐人街十号、肯辛顿花园、圣保罗大教堂，等等。

虽然我走访过伦敦新区，那里高楼林立，是全世界仅次于华尔街的金融中心，仍对大街小巷里无处不在的公用电话亭感到好奇。那种红色木质的电话亭小巧可人，有趣的是，里面贴满了妓女的广告，每一张都制作得和明信片一样精美。而在莱切斯特广场看杂耍的人群中，我巧遇前国足范志毅和他的新娘，范和孙继海当时都在水晶宫队效力。

伦敦电话亭里随处可见的卡片。

在伦敦期间，有三处地方耗费的时间相对较长。一次是去北郊的海格特公墓拜谒卡尔·马克思墓，几乎见不到游人，最后是在一位前波兰共产党员的指点下才找到。另一次是周末郊游，胡冬开着他的菲亚特，载着凯利、我和小燕（他在川大念书时的小妹），来到一处我们在电影里经常见到的草地和森林的边缘，聆听了旷野里英国乌鸦的几声鸣叫。

小燕家住汉堡，她和从前留学中国的德国丈夫一共生育了三个儿女，眼下又有了身孕，因此像前几次一样获得恩准出国游玩，这回她选择的是伦敦。这第三次便是我和小燕去考文特花园观看韦伯的音乐剧《猫》，这出戏取材于诗人 T. S. 艾略特为儿童所写的一首长诗。自从 1981 年公演以来，《猫》剧出人意料的火爆，可惜在我看过两年以后，即在伦敦上演 21 周年之际落幕，共演了九千场。

《猫》剧在北美和欧陆同样红火，不久以前，这一浪潮甚至席卷到了北京。结尾处老猫唱的那首《回忆》尤为动人。从某种意义上讲，英国人通过这出热闹的音乐剧来记住艾略特，就像中国人通过一起惊人的卧轨事件来记住海子一样。而韦伯的另一首歌《阿根廷，别为我哭泣》甚至更为成功，经美国歌后麦当娜演唱后传遍了世界，不仅帮助前总统夫人爱娃·皮隆扬名世界，也促进了阿根廷的旅游业。

12. 剑桥和布莱顿

"如果你厌倦了伦敦，那么你一定厌倦了生活。"一个多世纪前，体弱多病的英国辞典编撰者萨缪尔·约翰逊这样描绘伦敦。可是，我在伦敦才玩了几天，便寻机离开了。一天上午，我在滑铁卢车站乘上一列普通快车，独自向北去了闻名于世的大学城——剑桥，一路饱览了英格兰的田园风光。

两小时以后，我走出剑桥车站，沿着城内唯一主要的街道东行。这座历史悠久的大学培育出了众多杰出的人才，包括牛顿和达尔文，拜伦和华兹华斯，其中一位还曾与我有过交往，那就是 20 世纪英国最出色的数学家之一、31 岁即获得菲尔茨奖的阿兰·贝克。十多年以前，贝克教授曾到访我任教的大学，我是他在杭州期间的全程陪同。

记得有一天，我们从九溪山上下来，路见一位农妇摔断了腿，随即取消了去凤凰山的计划，驱车把她送到浙二医院。那时媒体极少报道外国科学家来访的消息，贝克教授的名字因为这次助人为乐事件首次出现在中国的报纸（《钱江晚报》）上，这成为他中国之行最有纪念

CAMBRIDGE

THE COMPLETE GUIDE

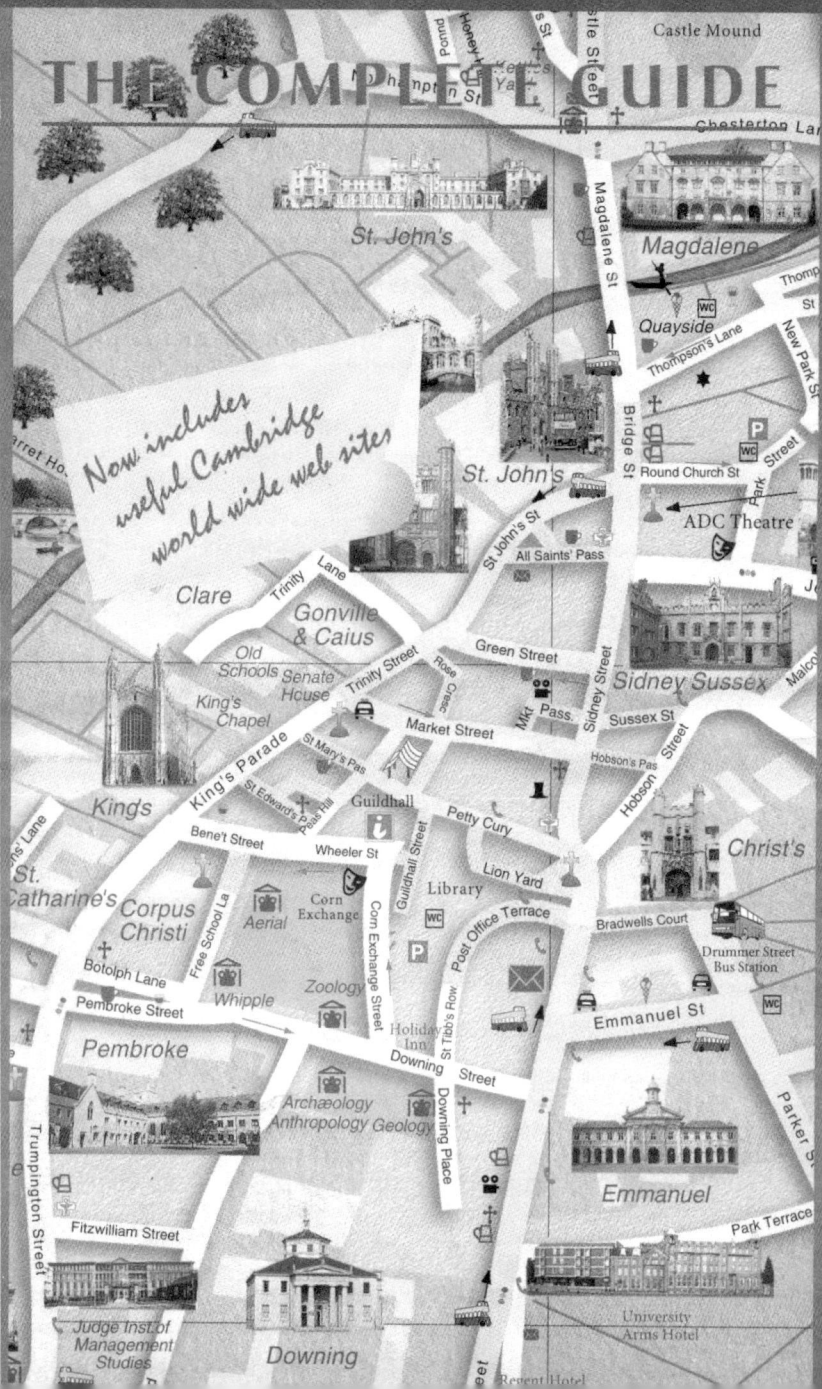

Now includes useful Cambridge world wide web sites

Castle Mound

Honey Hill

Pound Hill

Northampton St

Castle Street

Chesterton Lane

St. John's

Magdalene

Magdalene St

Quayside

Thompson's Lane

New Park St

Bridge St

Round Church St

Park Street

ADC Theatre

St. John's

St. John's St

All Saints' Pass

Clare

Trinity Lane

Gonville & Caius

Green Street

Sidney Sussex

Sidney Street

Old Schools

Senate House

Trinity Street

Rose Cres

Sussex St

King's Chapel

King's Parade

St Mary's Pas

Market Street

Mkt. Pass.

Hobson's Pas

Hobson Street

King's

St Edward's Pas

Peas Hill

Guildhall

Wheeler St

Petty Cury

Lion Yard

Christ's

St. Catharine's

Bene't Street

Guildhall Street

Library

Post Office Terrace

Bradwells Court

Corpus Christi

Free School La

Aerial

Corn Exchange

Drummer Street Bus Station

Botolph Lane

Whipple

Zoology

Holiday Inn

St Tibb's Row

Emmanuel St

Pembroke Street

Corn Exchange Street

Downing Street

Pembroke

Archaeology Anthropology Geology

Downing Place

Emmanuel

Fitzwilliam Street

Trumpington Street

Park Terrace

Parker St

Judge Inst of Management Studies

Downing

University Arms Hotel

剑桥地图。

意义的事件。

贝克教授后来和我互寄过几张贺年卡，并邀请我到访英伦时一定要去看他。可是，当我敲响他那位于三一学院内的寓所大门时，无人应答，门卫说他刚刚离开。直到八年以后，我应邀作客剑桥三个月，才细细地品味这座大学城，并与贝克教授重聚。那次却是不巧，我只是瞻仰了他的前辈，艾萨克·牛顿的塑像，不经意间又见到了另一尊露天坐像，那是 18 世纪的剑桥毕业生威廉·皮特。

皮特 24 岁就做了英国首相（这个记录永远不会有人破了），先后长达 20 年，直到在任上去世。有意思的是，少年得志的皮特也与牛顿爵士和贝克教授一样终生未婚。在这份独身者的名单中，至少还要加上牛顿和贝克在三一学院的另外两位同事：哈代和李特尔伍德。多年以后，我有幸重返剑桥逗留了 3 个月，才明白独身是女王伊丽莎白一世对三一学院院士的要求。

初访剑桥留给我印象最深的地方并非那条流经校园的卡姆河（河边停泊的那些小舢板让我想起剑桥和牛津之间一年一度的划船比赛），或者河上的一座"数学桥"，而是那些修剪得方方正正的草坪，绝不亚于任何一支英超球队的主场。我在王后学院的食堂里用了午餐，里面环境之整洁、优雅可以与我所见过的任何一家星级饭店媲美。

回到伦敦没几天，我又南下去了英吉利海峡边上的布莱顿，对岸正是法国的诺曼底。我对位于海滨的娱乐城和海水浴场印象深刻，据说正是海水浴的兴起才使布莱顿从一个小渔村变成了城市。最近，我看到一则报道，市政府有意把布莱顿建设成为欧洲的拉斯韦加斯。可是，那会儿毕竟是我第一次站在世界上最负盛名的海峡边，城市和她的发展趋向不能引起我的特别关注。

当然，我选择布莱顿的原因不止于此，还由于 20 世纪英语世界最受尊敬的作家之一格雷厄姆·格林有一部小说叫《布莱顿硬糖》。故事的主角是这座海滨城市里一个 17 岁的黑帮头目，他用一颗硬糖置人于死地。格林的作品主要探讨在当代不同政治环境下，人类道德观念的含糊。从 36 岁那年开始，格林作为一名自由撰稿的新闻记者，开始了长达 30 年的旅行，同时为其小说寻找故事和背景地点。

剑桥三一学院草坪。作者摄

24 岁的英国首相——威廉·皮特塑像。作者摄

　　综观格林一生的写作，他的主要兴趣集中在"事物的危险的边缘"，这是布朗宁的一句诗，格林将其视为"对我全部作品的概括"。事实上，格林关心的总是间谍、刺客这类人物，他本人在第二次世界大战期间在西非做谍报工作，即使在其他地方，他的真实身份也极有可能是英国间谍。

　　离开伦敦的前一天早上，我在赵兄的客厅里见到了虹影。她略施淡妆，比起读者经常见到的青春靓丽的照片来，显得更为质朴。虹影头天晚上刚从斯德哥尔摩回来，令我感动的是，她竟然连夜看完了我送给他们的新书《北方，南方：与伊丽莎白·毕晓普同行》，并从小说家的角度出发，和我探讨了虚构的可行性，从中我感受到她那清晰的思维和编故事的才能。

　　如若不是因为旅途的劳顿，贪玩的虹影肯定会跟我们去泡吧的。

事实上，在伦敦的最后那个晚上，赵博士本打算为我饯行。可我却有约在先，几天前胡冬就和著名的朦胧诗人杨炼约好在一家酒吧里相见，记得那是一个相当热闹的街区，托尼·布莱尔的宅第附近，酒吧里的顾客只有立足之地。

瑞士出生的杨炼从小在北京长大，20世纪90年代定居伦敦。他留着一头披散的长发，笑容可掬，同来的还有一位学者朋友。杨炼夫人友友则剪着短发，生性活跃，情绪始终被音乐控制着。友友的个性十分开朗，遗憾的是，我尚未读到过她写的小说。酒吧里声音嘈杂，没聊几句，我和友友便开始旁若无人地跳舞，周围全是手握酒瓶的英国人。

这是我在伦敦唯一的一次跳舞，与上一回的巴黎之行相隔了七个多月，也就是说相隔了一个秋天。当我偶尔回眸，一幅风俗画映入我的眼帘，杨炼（后来我才从他的来信中得知，他对南美与我有着一样的向往）和那位学者不停地说着话，胡冬身着唐装，一言不发，凯利和小燕依墙坐在他的两侧。

13. 飞越北大西洋

　　飞机在诺曼底和布列塔尼之间的某处地方离开了欧洲大陆，与10个月前我从马德里启程前往南美的那次旅途相比，纬度足足高出了十度。这是我第三次飞越大西洋，对于欧洲人或美国人来说，这原本不是一件困难的事情。他们不仅不需签证，往返票价也只有区区两百美元，不及从上海飞往乌鲁木齐的单程机票。可是，对居住在远东的中国人来说，这种机会十分难得，我因此记住了一个陌生的名字——圣马洛湾。

　　圣马洛湾是法国大西洋海岸仅次于比斯开湾的海湾，后者的另一侧是西班牙，这两个海湾都接近于喇叭形。飞机几乎是从那个小三角形的顶点进入海上，在那一瞬间有许多乘客扭头去看窗外，那里有一座举世闻名的圣米歇尔教堂，拥有1300多年的历史，其雄姿堪与拉萨的布达拉宫媲美。

　　布达拉宫虽然也始建于7世纪，但变成现在这个样子则是在17世纪中叶。不同之处还有，圣米歇尔教堂所在的同名小山周围是一片流

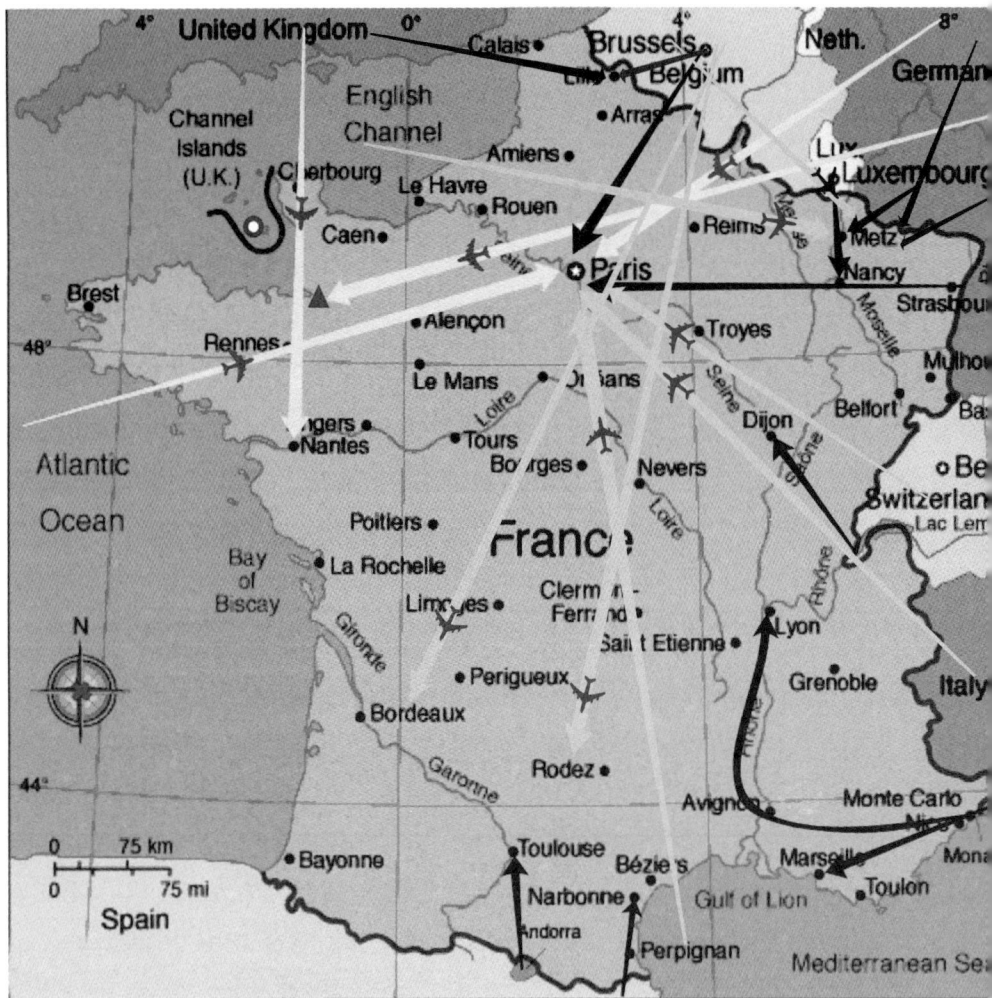

沙，每逢涨潮，海水会从 15 千米以外的海上奔涌而至，瞬息之间使它成为一座孤岛，因此素有"世界第八奇迹"之誉。

对天主教徒来说，圣米歇尔山与耶路撒冷、梵蒂冈并列为三大圣地。西方甚至有一个说法，"没到过圣米歇尔山就不算到过法国"。遗憾的是，虽然我曾经以 20 多种不同的方式进入过法国，却一直没有机会去圣米歇尔山朝拜。而对法国文学的读者来说，圣马洛湾还有两处更容易让人感到亲近的地方，那就是泽西岛和格恩济岛。

泽西岛隶属于英国，它也是英伦离欧洲大陆最近的地方。这两座小岛是大文豪维克多·雨果晚年放逐之地，他因为反对拿破仑第三称帝而遭流放，在岛上度过了将近 20 年。正是在此期间，雨果完成了一生大部分重要的诗篇，他的小说代表作《悲惨世界》也是这期间在布鲁塞尔出版的。

也就是说，雨果使得两座岛屿成为驰名的旅游胜地，与不可一世的拿坡仑·波拿巴和现代主义艺术的先驱波德莱尔一样。波拿巴将军出生在地中海的科西嘉，最后在流放中死于南大西洋的圣赫勒拿。而法国诗人波德莱尔青年时代无所事事，被继父送往印度，途中经过印度洋的毛里求斯和留尼汪。他在那两座小岛徘徊时，下决心成为诗人，并掉头返回了巴黎，因此才有了后来使他名扬世界的《恶之花》。

接下来才是浩瀚无际的大西洋，飞机明显偏向了南方，直到一个半小时以后，我们才来到一片陆地的上方，那正是离开欧洲大陆最遥远的亚速尔群岛（隶属葡萄牙），其地理位置甚至比冰岛还要偏西。哥伦布首航美洲归途时曾遇到四天四夜的风暴，几乎遭受了灭顶之灾，当他的船队抵达亚速尔群岛时，才终于相信自己已经大功告成。

据说在气象卫星问世之前，从亚速尔群岛收集和传送的气象资料对于欧洲的天气预报十分重要。如果飞机继续向西，就会进入百慕大三角，那个传说中吞噬船只和飞行器的海域。幸好飞机再次偏向了南方，经过四个多小时昏昏沉沉的飞行，我们来到了"加勒比海的防洪堤"（这个雅号是我起的）——小安的列斯群岛。

在用任何一种语言绘制的世界地图上，这个区域的文字总是写得密密麻麻的，不仅因为岛屿和国家众多，也因为这些岛屿的殖民地主子也各式各样：英国、法国、荷兰、美国。有意思的是，尽管几乎整个拉丁美洲都说西班牙语或葡萄牙语，可是小安的列斯群岛却不通用这两种语言，这可能是伊比利亚人害怕孤独，不太愿意定居小岛的缘故。

《树》，雨果自画像。

14. 马提尼克岛

科幻小说的先驱——凡尔纳。

令我暗自惊喜的是，飞机最后是从马提尼克岛上空掠过，进入到加勒比海。这有点像卡西诺里的轮盘赌，不到最后时刻，赌客难以预测小球的落点。马提尼克位于小安的列斯群岛中央，它被夹在多米尼克和圣卢西亚之间，再向外分别是同样小巧的瓜德罗普和巴巴多斯，安提瓜、安提瓜和巴布亚，格林纳达、圣文森特和格林纳丁斯，后面两对行政区域的名字稍有重复。

马提尼克是我旅途中飞经的最后一座驰名的岛屿，作为法国4个海外省中最小的一个（另外3个是瓜德罗普、法属圭亚那和留尼汪），马提尼克的面积几乎和香港一般大。科幻作家儒勒·凡尔纳曾在他的小说里谈到马提尼克，称它是当时世界上人口最稠密的地方之一，19世纪就达到每平方千米178人。

有意思的是，凡尔纳本人并未到过马提尼克，却把这座岛屿描绘得栩栩如生。可是，即便是他那一经连载便轰动一时的小说《八十天环游地球》，为主人公虚拟的航线也仅限于北纬三十度以上的北半球，这样的环球旅行无疑要大打折扣。不过，它的影响力仍是巨大的，正是由于受这部小说的影响，马提尼克成为比凡尔纳年轻 20 岁的同胞画家保罗·高更首次远游抵达的地方。

高更在马提尼克岛上发现了热带动人无比的色彩和光，领受了原始风光的妩媚。与此同时，他在岛上感染上一种久治未愈的痢疾，正是这种疾病导致他后来在南太平洋的马尔克斯群岛英年早逝。这里我想说明一下，许多人都以为塔希提是高更的辞世之地，其实，他所选择的最后的栖息地是在塔希提东北 750 千米处的希瓦奥阿岛。

高更《自画像》。

不过，塔希提的确是高更在法国之外居留时间最久的地方，他曾娶岛上的土著女人为妻，并与当地的居民融为一体。事实上，高更的母亲身上有一半秘鲁土著克里奥尔人的血统，他本人幼年时曾随母亲在秘鲁生活四年，可以说他与热带有血缘关系。马提尼克岛也有许多克里奥尔人，高更来到此地恐怕也是出于本能的需要。值得一提的是，2010年上海世博会的南太平洋联合馆，有一位工作人员外貌酷似高更笔下的塔希提女子。

由于长年与世隔绝，马提尼克人喜欢玩各种各样的游戏。多米诺骨牌是其中一项，据说在每一家餐馆里，都能见到有人在玩牌，这种28张的骨牌每张有两个数字或图案，分别代表数字0到6中的两个，没有重复，从（6，6）到（0，0），很有数学中有序排列的味道。如果是四人对局，则每人7张牌，谁先出完谁获胜，并高喊一声"多米诺"。规则是，下家须出与上家头尾相配的牌，如没有就过。

此外，马提尼克人热衷于斗鸡，这就像西班牙人酷爱斗牛、英国人迷恋赛马、意大利人嗜好赌球一样。不过，马提尼克与驰名世界的马提尼酒并无任何联系，后者是葡萄牙生产的一种强化葡萄酒，即在葡萄酒酿制的后期，加入烈性白酒和蜜糖，将酒质改变，而成为一种西方人在饭前饮用的开胃酒。在酒吧里，马提尼酒常被掺水加冰之后饮用，而我后来在乌克兰遇到的一位朋友则喜欢边饮边吃冰激凌。

15. 马拉开波湖

离开马提尼克岛以后大约一个小时，我们莅临了美洲大陆。十个月前我初次体验这份心情时，曾不由自主地心潮澎湃。那架从马德里起飞的航班是从加拉加斯东面的奥里诺河入海处进入美洲大陆的，这回却偏到了委内瑞拉西北部，从一个叫马拉开波的临海湖泊进入。

以选美闻名的委内瑞拉是拉丁美洲（当然也是美洲）最大的石油输出国，其主要资源便来自于马拉开波湖的湖底。马拉开波是南美洲最大的湖泊（其实是一个大水湾），一万多平方千米的水域呈瓶形，不到十千米长的瓶口紧挨着加勒比海，有一座以一位爱国将军命名的大桥连接着两岸，据说这也是南美洲最长的一座桥梁。

15 世纪欧洲殖民者侵入时，当地的酋长马拉在与白人血战时被杀，白人听到土人高喊 Maracaibo（马拉开波）！原本是"马拉倒下了"的意思，却阴差阳错地被用作湖名。这则有趣的故事让我想起法国新古典主义画家大卫，他有一幅杰作《马拉之死》。

但此马拉非彼马拉也，画中的马拉是瑞士出生的法国政治家、医生和记者，他是 18 世纪法国大革命时期激进派的领袖人物，曾明确要求对贵族采取防范措施。马拉 50 岁那年，诺曼底的一位年轻人受人指派，以请求保护为名进入他的房间，将正在为治疗皮肤病而沐浴的马拉刺死。

出人意料的是，这座盛产石油的湖泊渔业资源也极为丰富，且湖岸风景秀丽，有大片肥沃的牧场，其中牛奶和奶酪产量占到全国的七成。事实上，在哥伦布首次抵达南美大陆（他以为是岛屿）的次年，

《三个女印第安人》（水彩画）。

另一位受雇于西班牙的意大利航海家亚美利哥·韦斯普奇就来到马拉开波湖，他为眼前的这片景色所陶醉，用故乡美丽的水城威尼斯命名了这片国土（委内瑞拉在西班牙语里的意思是小威尼斯）。

飞过马拉开波湖不久，我们便进入了哥伦比亚领空，不出半个小时，飞机开始下降。下午四点左右，飞机抵达安第斯山中的名城——波哥大。六个月以前，我曾应邀来到加西亚·马尔克斯的母校——哥伦比亚国立大学作了一次数学演讲，我记得这所大学图书馆的墙壁上画着切·格瓦拉的巨幅头像。

海拔两千六百多米的波哥大尽管靠近赤道线，可是一年四季都有着初春或晚秋的味道，但这一次我不像上回那样伤感，反而有了故地重游的温暖。过去的两个多世纪里，波哥大在南美的政治生活中一直扮演重要的角色，尤其在玻利瓦尔时代，她是大哥伦比亚的首都，差点号令整个南美大陆。三个小时以后，我换乘阿维扬卡公司的客机再度升空，目的地是西北方向的麦德林。

这次飞行只持续了大约四十五分钟，越过一条叫马格达莱纳的河流，到达那座我曾经生活过九个月的城市。等我搭乘机场大巴，从山顶的小镇里约尼格罗到达那座以咖啡和毒品闻名于世的谷地，再换乘出租车来到巴斯克房东家时，已经是晚上九点半了。此时离开我的出发地杭州已逾两万千米，费时整整五十个小时。毫无疑问，这是我一生最漫长的一次空中旅行。

16. 麦德林狂欢节

抵达麦德林山谷时，我意识到今年夏天已经提前来临了，在这里你永远只需穿一件衬衫。麦德林是哥伦比亚第二大城市，也是安第基奥省的首府，此地位处北纬六度，离开赤道线不到七百千米，可是由于海拔将近一千五百米，全年气温都在摄氏二十到三十度之间，几乎没有季节的变化，如果有的话，也主要由宗教节日来体现。

例如，每年一月下旬有一个斗牛节，届时全国乃至境外的斗牛士会蜂拥而至，比赛地点就在我寓所附近的圆形体育场，我每次坐轻轨都经过那里。可惜却错过了时间，斗牛比赛正赶上中国的春节，我无法两头顾全。这也是哥伦比亚人从西班牙殖民者那里继承下来的少数几项传统之一，另一项传统便是天主教和它的斋戒。

除了个别道德或政治上的目的以外，斋戒（fasting）主要出于宗教的原因，包括礼仪、苦修和神秘主义。伊斯兰教有所谓的斋月或忏悔之月，每天自日出至日落完全禁戒饮食，甚至夫妻也不得同房；基督教相对宽松，其中新教一般把禁食留作教友自己的良知去决定，而天

哥伦比亚的狂欢节。

主教和东正教虽有四十天的春季大斋节，却仅要求在首日和耶稣受难日两天严格戒斋。

值得一提的是，在世界著名的宗教里，唯有琐罗亚斯德教禁止斋戒，该教认为斋戒行为无助于信徒与邪恶斗争。琐罗亚斯德教源于波斯，它的创始人琐罗亚斯德死去那年诞生了孔子，那一年释迦牟尼也才十二岁。在 7 世纪阿拉伯圣战期间，大批波斯人信仰了伊斯兰教，而此前的四百多年间，琐罗亚斯德教一直是波斯的国教。即使在今天，孟买的琐罗亚斯德教徒仍有十万之众。

在基督教里，大斋首日又叫灰星期三节（Ash Wednesday），在那一天牧师对教友说，"你不过是尘土，仍将归于尘土。"此话原出《圣经》，是上帝对亚当说的。美国出生的英国诗人艾略特曾以此为题写过一首诗，1930 年，他的诗集《灰星期三节》在伦敦出版，同年，他皈依了天主教，实现了他自己所说的，"政治上是保守党，宗教上是天主教，文学上是古典派"的愿望。

可能是出于对漫长斋月的一种期待和担忧的心理，许多天主教国家在大斋节前最后几天甚或最后几小时举行庆祝活动（穆斯林的开斋节则在斋月结束以后），这项活动被称为"狂欢节"（carnival），又叫"嘉年华会"。狂欢节对民间戏剧、民歌，尤其是民间舞蹈的形成、发展起了重要作用，最著名的要数巴西里约热内卢的狂欢节，那座风景秀丽的海滨城市也是桑巴舞的天堂。

重返麦德林后的一个周末，狂欢节如期而至，可是其规模与我原先想像的相差甚远。出于安全的考虑，我只是在房东外甥约塞夫的陪同下到市中心逛了一圈。如果没有观众参与的民间舞蹈，狂欢节不过是政府出面组织的游行，就像每年秋天杭州西湖博览会期间举行的娃哈哈狂欢节那样。

　　在哥伦比亚，几乎每一个人都是舞蹈家，尽管如此，我本人最感兴趣的仍是狂欢节展示出来的化妆术和服饰，男女老幼的额头上画着黑色的十字架。与巴西人的热情奔放相比，生活在安第斯山中的哥伦比亚人表面上内敛多了，即使他们唱起歌来也是如此，但我非常喜欢听他们吹的一种排箫。从中我明白了狂欢的真正含义，那似乎是要向众神宣誓斋戒的开始。

哥伦比亚地图。三条红线是安第斯山的三个支脉。

17. 硕士论文答辩会

麦德林是哥伦比亚经济最为发达的安第基奥省的省会，有关这座城市的传奇和种种令人匪夷所思的现象，我在一本关于南美生活的回忆录里都谈到了。邀请我来访的安第基奥大学创办于 1803 年，她是麦德林的最高学府。校园里的建筑古色古香，栽满了各种各样的热带果树，还有一条幽静的环校公路。

可是，就像机场的安检处一样，每个校门都有保安和警犬站岗，无论公文包、书包，还是汽车后箱都需要打开来检查，以防有人携带枪支或危险品进校。当然，如果真有歹徒闯入，他们也看不出什么。在不到一年的时间里，安大有一位政治学教授在自己的办公室里命归黄泉，还有一位物理学教授和一名哲学系学生在自己家里失踪。

我在麦德林的那一年，正是游击队势力范围不断扩大的一年。尤其是哥伦比亚革命武装力量，即 FARC，他们的影子无处不在，也在电视和报纸里随时出现。我的合作教授吉尔伯特有一次半开玩笑地和我说，早知道今天的局势他们就不敢请我来了。吉尔伯特和我一年前

哥伦比亚国立大学正门。作者摄

在罗马初次相遇，他告诉我安大数学系有个访问教授名额，并极力作了推荐。

我初来乍到之时，吉尔伯特还开车带我到他郊外山中的庄园里住了两天，现在连他自己都是当天来回，更不敢带我这个老外去了，要是被绑架的话要一百万美元的赎金呢。不久以前两位日本电器商人就遭此厄运，他们在首都波哥大郊外的出租车里遭拦截，被强行带走，司机当场释放。

我之所以绕地球半圈回到麦德林停留短短二十多天，一来我和吉尔伯特合作申请到的哥伦比亚国家科学基金项目尚未完成，二来我们共同指导的一个研究生要举行论文答辩，三来我上学期教的抽象代数课需要考试，这门课由于抗议美国政府的"哥伦比亚计划"举行的罢课延宕了。

说起考试，哥伦比亚学生的自觉性值得赞赏，主讲老师是唯一的监考官，有几次我故意在过道里多停留一些时间，回到教室却没有发现任何慌张或不自然的表情，这一点让我感到欣慰。以往在中国，每当考试临近结束，教室里的气氛总要出现一些微妙的变化。

我和吉尔伯特共同指导的研究生叫娜塔利娅，与中国大多数数学专业的学生一样，家庭并不富有，却非常勤奋，这在南美学生中十分难得。娜塔利娅一头卷发，五官端正，有着热带女孩惯有的肤色，即人们通常所说的咖啡豆的颜色。她管我叫普罗菲，也就是西班牙语里教授一词的前面两个音节（profe）的发音。

娜塔利娅学习成绩突出，本科时就曾被安大派往西班牙的毕尔巴鄂大学留学半年。她的毕业论文答辩会安排在一间普通教室里进行，吉尔伯特和我，以及另外两个并非同行的本校同事出席，一切均在导师的掌控之中，与中国的论文答辩会没有什么两样，只是一种走过场的形式而已。

唯一的差异是，答辩结束后，答辩委员会成员依次与娜塔利娅拥吻祝贺，而她的男友和几位好友则手捧鲜花在门口等候。当晚娜塔利娅家里还有一场庆祝舞会，如果不是因为她住在城乡的结合部（那里的不安全性一点也不亚于市中心），我恐怕会考虑接受娜塔利娅的邀请的。

吉尔伯特庄园：读书的好地方。作者摄

18. 卡利的夏天

答辩会后的第二个星期，我和吉尔伯特就出发去卡利城了，哥伦比亚数学会年会邀请我去作一个学术报告。卡利是哥伦比亚第三大城市，考卡河谷省的省会，安大物理系有一位华人教授曾经给我打过一个比方，他说如果说波哥大是北京，麦德林是上海，那么卡利就是广州了。

一方面卡利的海拔只有一千米，比起麦德林来又低了五百米，全年处于夏天；另一方面卡利是南美的一个音乐中心，有着"莎莎之都"的美誉。莎莎作为目前世界上最流行的交谊舞虽源于古巴，但哥伦比亚莎莎却以优雅博得了名声。另外，远近闻名的卡利美洲足球队也是南美的一支强队，曾四次打入解放者杯决赛，四次饮恨，其中两次输给了阿根廷的河床队。

出人意料的是，麦德林和卡利之间的航班很少，我们需要在波哥大换机。这次我是从麦德林山谷的小机场出发，那里有我平生所见过的最明亮整洁的候机厅。我本以为会在波哥大遇到一批同行，没想到

写有革命标语的教学楼墙壁。作者摄

在人口不到六千万的哥伦比亚，竟然有两个全国性的数学会，一个总部在波哥大的国立大学，另一个总部在考卡河谷大学，吉尔伯特正是后一个协会的副理事长兼秘书长。

在卡利的三天时间里，当理事会成员在那里煞有介事地总结和讨论换届事宜时（就像中国的许多理事会一样徒有虚名，没有实质性的工作），我在旅店里写诗，或者漫步附近的街头。一杯稠密加奶的芒果汁，散发出自然沁人的芬芳，那是我最喜欢喝的热带饮料。

每天早晨淡雾散去以后，一幅幅市井的画卷展示在我面前，黑人擦鞋工早早地在眼镜店门口设好了摊位，虽然他们的祖先同样来自非洲，但哥伦比亚黑人勤劳朴实，与我在北美见到的完全不同，他们从来不会成为社会问题，当然，也不太具备表演的欲望和运动的才华。

还有一桩消遣当然是看报纸和电视，暴力事件依然触目惊心，安大的同事曾经告诉过我，在哥伦比亚要想有安全感最好是不看新闻。这一点我做不到，很快我便发现，卡利城有一位盲人市长萨尔塞多。自从麦德林的大毒枭埃斯科瓦尔被击毙以后，卡利贩毒集团就占据了上风，可是萨尔塞多却把这座以暴力著称的城市治理得井井有条。

比起盲诗人荷马和盲数学家欧拉来，盲人政治家无疑更为稀罕，据说竞选时萨尔塞多反复引用多米尼加共和国前盲人总统巴拉格尔的话："人民选举我当领导，不是选举我来穿针引线的。"他还幽默的宣称自己和妻子是"一见钟情"。正是这一点使他成功当选，并确保其支持率居高不下。

巧合的是，萨尔塞多的名字叫阿波利奈尔，和20世纪初那位多才多艺的法国诗人完全一样。后者的诗歌和艺术鉴赏力深受后人的推崇，几乎成为一个传奇，欧洲每隔一年在不同的地方举办一次阿波利奈尔年会，美国有一所大学建立了阿波利奈尔网站，中国也有一家民间诗刊以他的名字命名。

如同麦德林有一条麦德林河一样，卡利也有一条叫卡利河的溪流，所不同的是，这里有各式各样的石桥把两岸连接，甚至令我想起亚洲西部库赫鲁德山中的波斯名城——伊斯法罕。漫步在桥梁与堤岸之间，我忽然有了一种怀乡的感觉，这些石桥"仿佛花布衬衣上的一排纽扣／带给我一连串故国的问候"。

19. 告别哥伦比亚

从卡利返回麦德林不久，虽然吉尔伯特教授极力挽留，系主任和理学院院长都说延聘没有任何问题，我还是毫不犹豫地订好了回国机票。提起回程的路线我可谓绞尽了脑汁，这倒不是为了节省费用，哥伦比亚虽说也是发展中国家，教授的薪水却是中国的五倍。

因为澳大利亚新南威尔士州有一所大学邀请我去讲学，而日本的九州岛也有一个数学会议邀我参加，故而悉尼和福冈是两处必经之地。我在寒假回国省亲的有限时间里，办妥了澳大利亚的签证，可是日本签证却来不及了，我把一本因公普通护照递交给了日本国驻上海总领馆，取到签证以后请家人直接寄往悉尼。

剩下的选择是如何从哥伦比亚去澳大利亚，很快我了解到，从美洲跨越太平洋到澳洲的航线只有三条，分别以洛杉矶、圣地亚哥和布宜诺斯艾利斯为起点。持中国护照者经过美国须办理过境签证，我向来讨厌这类无理的要求，因此曾经五度到访过的洛杉矶首先就被我否定掉了。

登机牌：布宜诺斯艾利斯—悉尼

三条可以选择的从美洲到澳洲的航路图。

智利街景：打盹的店主。《经济观察报》供图

　　从圣地亚哥到悉尼要完成一个空中三级跳，即复活节岛、塔希提岛和新西兰，无疑对我来说是最有诱惑力的线路。复活节岛上的石像被誉为人类文明史上的不解之谜，它虽远离南美大陆，却是智利的领土，因此我返回麦德林不久，就在当地的智利领事馆申请了签证。

　　帕皮提作为塔希提岛和法属波利尼西亚的首府，因为迷人的热带风光和法国画家高更的缘故让许多人心驰神往。可是，由于该岛隶属的波利尼西亚群岛仅有二十多万居民，无法在世界上的每个国家设立大使馆，对外关系一般由其宗主国——法兰西共和国代理。

　　我在领取澳大利亚签证的当天，曾把一纸申请书连同那本有许多签证的私人护照提交到了法国驻沪领事馆，却被告之由于到塔希提除了法国外交部批准以外，还需要波利尼西亚政府的首肯，因此时间上已经不允许。这本印有哥伦比亚签证的护照我必须随身携带，不得已只好放弃了这项计划。

这对我来说无疑是一次打击，因为以后我不大有机会到南太平洋一带来了。更为不利的是，从复活节岛经帕皮提到奥克兰的飞机当天和次日均无法衔接，因此即使是中转也由于超过二十四小时而难以实现了。现在剩下的唯一选择就是经过阿根廷了，三个月前我到切·格瓦拉的出生地罗莎里奥参加了拉丁诗歌节，顺便游览了布宜诺斯艾利斯，因此不想再费神去办签证了。

这样我就勉为其难地在离开哥伦比亚之际，计划在同一天里两次穿越美洲大陆。二月的最后一个下午，正当电视里开始转播里约热内卢街头的桑巴舞表演之时，我离开了麦德林。吉尔伯特教授亲自送我到里约尼格罗机场，将近一年前，正是他开着那辆超级丰田吉普把我接来的。

吉尔伯特告诉我，系里申请的博士点快批下来了（那正是我被邀请来的一个因素），教授们的薪水将上涨九个百分点（与通货膨胀率相当），麦德林也要增添一条地铁线路。虽然我口头答应两年后重返安第基奥大学，但我们彼此感觉到可能性极小，生命短暂，我毕竟生活在另一个世界里，有着完全不同的社会关系和生活环境。

芳香

在柔和的夜色里凝望远处的塔希提女人
睡意像空气一样潜伏在她的四周

袒露的双肩每天被灼热的阳光滋养
是所有天然的衣饰中最美丽的

未曾生育的腹部犹如坚实的盾牌
在她奔跑、行走或水里游泳时隐约可见

圆圆的大腿，哦活动的纺锤
夜半时分在画家的床榻上穿梭

从豆蔻年华中脱落出来的颀长之美
一直可以保持到她两鬓斑白之时

10/92，杭州

20. 经停赤道线上

照例我又要在波哥大换乘国际航班，这回选择的是智利航空公司（Lan Chile）。这条航线每周五天直飞圣地亚哥，另外两天要在赤道线上的基多停留，正好被我遇上了。这样一来，我就有机会抵达一个新的国度，与前两次穿越赤道线到南半球相比，这一回自然别有一番体验。

也正因为这个原因，我在告别波哥大时没有出现大的情绪波动，虽然我知道，这一辈子都不大可能重返哥伦比亚了。安第斯山人的生活方式与那里的天气一样少有变化，也就是说，他们将来不大会有远渡重洋的机会，即使有也只是到西欧或北美，这意味着我在这里结识的每一个朋友都将永别了。

事实上，除了吉尔伯特和翻译我诗歌的劳尔·海曼（一年后经他之手我的西班牙文版诗集《古之裸》出版了）以外，我和麦德林几乎断了联系。随着哥伦比亚局势的持续动荡，我非常担心物理系的吴教授和夫人，我离开以后再也没有得到过他们的任何消息，发出的伊妹儿屡遭退回，许多次我在给吉尔伯特教授的信中问起，他回复时总是避

作者的西班牙文版诗集《古之裸》封面。

而不谈。

让我无法理解的是，吴教授要求我回国后对他的行踪保密，尤其是遇到他的校友时，对此我只好信守诺言。他从前在中国任教的大学是在一个风景秀丽、经济发达的城市，和我的居住地杭州相距不足两百千米。或许，他们对国内的人事关系十分厌恶，更愿意过一种与世隔绝的生活。

一个多小时以后，飞机降落在白色之城——基多，出人意料的是，该城唯一的民用机场竟然设在市中心。原来，基多与其他许多拉美城市一样，坐落在安第斯山上，只不过它所在的山谷面积不够大，附近又没有里约尼格罗（麦德林机场所在地）那样平整的山头，因此只好选择在市中心。

由于飞机没有与廊桥衔接，我便趁机组人员搬运食物之机，迈出了机门，呼吸到了外面的新鲜空气，感觉有了冬天的味道。基多高出海平面两千八百多米，作为首都仅次于玻利维亚的拉巴斯。因此虽然地处赤道，月平均气温仍只有十四五度，而年均温差仅零点六度，这在全世界绝无仅有。

　　基多城始建于 15 世纪，在西班牙人入侵以前，这里居住着一个叫基图的印第安部落，算起来只有五百多年历史。可是，对于新大陆来说这座城市已经是最古老的了，加上拥有众多的教堂，它被联合国科教文组织列为世界文化遗产。不过，基多城最壮观的风景则是西面一座山顶终年积雪的火山，即海拔 4800 米高的皮钦查峰，据说天气晴朗时可以从市内任何地方清晰地看见，可惜我到达时已是黄昏时分了。

　　我想起几年前的日本之行，在从东京到名古屋的高速公路上，以及箱根群山上的芦之湖畔，远远地见到了海拔 3700 多米的富士山，那景象令人难忘。当然，若是与我后来在外高加索名城埃里温见到的大阿勒山相比，仍然矮了一截，海拔 5165 米高的大阿勒山地处土耳其、伊朗和亚美尼亚三国的交接处，相传诺亚方舟在洪水退去时曾停留此山。

　　虽然全世界跨越赤道线的陆上国家多达十个，美洲除了厄瓜多尔以外，还有哥伦比亚和巴西，但只有厄瓜多尔被称为"赤道之国"。究其原因，一来赤道乃厄瓜多尔国名的西班牙文原意（非洲的赤道几内亚其实不在赤道线上），二来这个小国家没有其他显著特色，三来（或许是最重要的）基多是世界上离开赤道线最近的首都。

　　随着城市的扩容，这一距离已经从 30 千米缩短至 25 千米。基多城西北有一座赤道纪念碑，那里有一座跨越两个半球的天主教堂。（由此推断，市区包括机场已经处在南半球了。）这座被赤道线穿越的教堂与梵蒂冈的圣彼得教堂、巴黎圣母院以及圣米歇尔教堂一样，每天都迎来四面八方的游客。

21. 飞越印加帝国

在基多停留两个小时以后，飞机再度进入了跑道，我仰望星空，发现满天的繁星一直铺到了天边，比任何地方都多，大概也是地处赤道线的缘故吧。与五个月前从波哥大直飞圣地亚哥的航程相比，这一回我们不经过巴西的亚马逊河流域，而是要从秘鲁首都利马和印加古都库斯科之间穿行而过。

不出半个小时，航路图上显示我们已进入秘鲁领空，西侧出现了安第斯山中的名城——卡哈马卡。虽然秘鲁的面积超过了哥伦比亚，却没有一条完全属于自己的大河，所有主要的河流都是亚马逊河的支流，高高的安第斯山挡在西面，也挡住了通往太平洋的道路。我可以想象，从外省到首都利马的交通十分不便。

16世纪20年代，有一位叫皮萨罗的西班牙探险家曾三次从海上抵达，他试图越过安第斯山，征服古老的印加帝国。皮萨罗青年时代便来到新大陆寻求功名，他先是在海地生活了七年，后又定居巴拿马。47岁那年，皮萨罗才从一位同胞那里知道了印加帝国，又听到墨西哥的阿兹特克人被征服的消息，决意去征服。

皮萨罗的第一次尝试以失败告终，两条船还没有抵达秘鲁海岸就被迫返回。第二次偷袭略有斩获，带回了黄金、驼羊和印第安女人。1531 年，已经 56 岁的皮萨罗（哥伦布 55 岁便去世了）率领一支不足两百人的队伍第三次从巴拿马起航，梦想着去征服拥有 500 万人口的印加帝国。

皮萨罗花费了一年多时间才登上陆地，当他带领 177 人和 62 匹马向卡哈马卡城进发，印加国王阿塔瓦尔帕本亲率四万军队驻守在此。不可思议的是，他们竟然挡不住火枪、马匹和诡计的冲击，奸猾的皮萨罗诱捕了印加王阿塔瓦尔帕本，他在索要了与囚室同样大小的黄金后将其杀害。

值得一提的是，这则故事曾作为一道智力测验题出现在科幻电影《后天》里面。第二年，皮萨罗亲自率领西班牙军队顺利开进印加古都库斯科。"太阳之子"的帝国就此终结，"国王之城"——利马在太平洋岸边随之诞生。此后，在秘鲁成为西班牙美洲最富庶的殖民地的同时，利马也成为西属美洲的行政中心。

皮萨罗的征服间接造就了美国历史学家普雷斯科特，他以两部巨著《秘鲁征服史》和《墨西哥征服史》传世。20 世纪 40 年代，当年轻的墨西哥诗人奥克塔维奥·帕斯到新英格兰的一座山头拜访美国诗坛元老罗伯特·弗罗斯特时，他们热烈地谈论起阅读这两部著作的感受。

有意思的是，离开库斯科不远的另一座更为古老的印加古城——马丘比丘遗址其题材也为异国文人所用，智利诗人帕勃罗·聂鲁达以

西班牙文盲探险家、印加
帝国的征服者：皮萨罗。

《诗歌总集》赢得广泛持久的声誉，包括一尊诺贝尔奖杯，批评家们一致认为，这部政治史诗以第二章《马丘比丘之巅》写得最为出色。

正当我沉湎于从远古到现代的怀想，空中小姐开始供应晚餐了。南美人的饮食习惯和欧洲人并无多少差异，只是时间上推迟而已，九点钟吃晚饭对他们来说是正常的。另外，对威士忌和白兰地的嗜好也被朗姆酒所替代。一切都显得那么正常，但是，当飞机穿越南纬十三度的时候，却突然出现了险情。

可以毫不夸张地说，我们在几秒钟的时间里没有防备地下坠了数百米。正在给我的前座加饮料的空姐摔倒在甬道上，机舱里一片惊慌失措，所有人的心都提到了嗓子眼上，在那一瞬间我的头脑里一片真空。幸好不一会，飞机又恢复了平衡，机长解释说，刚才遇到了强大的气流。可是，当我打开窗板，外面依然是繁星满天。

22. 到达圣地亚哥

随着利马在飞机引擎的轰鸣声中远去，我们即将进入一片新的水域（南太平洋在此拐了一个弯）。这注定是一次无法实现的会晤，我只能在睡梦中感觉那片浩瀚波涛的存在，晚餐时的惊魂一幕暂且被遗忘了。海上捷径付出的代价是，我们错过了一个与名字一样美丽的湖泊——的的喀喀，她位于秘鲁和玻利维亚两国交界处的安第斯山中，是世界上海拔最高的大淡水湖。

当早晨的阳光从机舱左侧的窗户投射进来，飞机已进入又一块陆地的上空，那正是世界上最狭长的国家——智利，机翼下方一片银装素裹，如同我上一次旅行时所发现的：像版画一般。不一会儿，我们便莅临了南美又一座名城——智利首都圣地亚哥。其实，到此为止我走过的安第斯山及其西侧的海岸仍属于古代印加帝国的版图。

处于南纬三十三度的圣地亚哥此时正值夏末初秋，早晨的气温在摄氏十五度左右。我乘坐大巴到达市中心的圣卢西亚广场，找到附近一家价格实惠的家庭旅店，店主夫妇及其长女轮流充当接待员。虽说当年南美洲的两个解放者玻利瓦尔和圣·马丁并未就建立联邦取得一致意见，但这块大陆的居民相互之间串门一般不需要签证，乔治的旅客主要来自邻国阿根廷和玻利维亚。

休息了一会儿后，我洗了个热水澡，便到附近的步行街去兑换比索。那时智利和阿根廷的经济尚未滑坡，包括美利坚在内的西方国家也对他们的公民敞开大门，物价自然不菲，机场大巴票价六美元就说明了问题。考虑到这一次没有机会去复活节岛（它到智利本土的距离远得不可想像），我去参观了一家民俗博物馆。

那是一幢独立的气度不凡的建筑，四周被冬青树和草地环绕，并栽有几棵棕榈，这在相同纬度的北方很少见到，可见南北气候并不具

智利国家民俗馆。作者摄

有完全的对称性。大门外面有一尊约四米高的石像，高鼻梁、宽额头、大嘴巴，一句话，脑袋奇大无比，这正是复活节岛（当地人称之为拉帕·努伊）上后期石像的典型。石像的头顶平坦，通常放置着被称为普卡的圆柱形头冠，可是眼前的这一尊却没有。

由于石像重数十吨，不容易被盗走，目前所知流落到海外的仅四座，其中圣地亚哥占有三座，另一座在伦敦的大英博物馆，除此以外，巴黎还有一颗石像头。这些表情严肃的石像究竟来自何方，它们的雕刻者又是谁？含义何在？无人能够知晓。聂鲁达在《诗歌总集》第十四章《大洋》里歌颂了拉帕·努伊岛上石像的建造者，称他们有着化石的脸和大洋的皮肤，以及祖国庄严的孤独。

离开博物馆以后，我忽然萌生出一个念头，想去参观一下智利外交部。当年，火车司机的儿子聂鲁达为了有机会出国，毛遂自荐去做领事。二十三岁的他在一位朋友的陪同下，冒昧地闯进外交部长的办公室，没想到他竟然如愿以偿，被派往地球仪反面的小洞——缅甸首都仰光，从此步入了外交界，直到出任驻法大使，这为他的诗歌写作和诗名的传播起到了关键作用。

遗憾的是，我最后找到的是教育部而非外交部。果然，智利教育部没有设置门岗什么的，任何人都可以长驱直入，如同我后来游历过的欧洲小国安道尔一样。位于西班牙和法国之间比利牛斯山谷中的小公国安道尔以旅游业为主要经济收入，甚至总统府也对游客敞开大门，任何人可以直接闯入其中。

23. 造访聂鲁达故居

　　翌日午后，我去参观聂鲁达的故居。在智利，诗人有三处故居被用作博物馆，圣地亚哥只是其中之一，另外两处在海港城市瓦尔帕莱索和濒临太平洋的黑岛。我已不记得故居所在街道的名字和周边的环境了，只记得那是一个大院子，进门以后有一个卡通片造型的诗人肖像，披着一件白色的风衣，与真人一般大小，游客喜欢站在旁边留影。

　　院中有一座二层楼房，木制的梯子建在户外，周围被绿色的青藤环绕。我随着其他游客小心翼翼地爬到楼上，那里摆放着诗人生前用过的各种用品，尤以那枚诺贝尔文学奖的奖章引人注目。这枚放在玻璃橱内的圆形奖章直径大约五厘米，可能是由于年代久远，显得色泽灰暗。

　　1904 年，聂鲁达出生在智利南方小镇帕拉尔，那里离圣地亚哥有300 多千米，与 2010 年 2 月那场 8.8 级的大地震中心相距不远。帕拉尔属于潮湿多雾的森林地带，雨水充沛、河流纵横。虽说世界上最干旱的地区在智利北方的阿里卡，那里经常连续几年无雨；可是，世界上降水最多的地方也在智利，正是帕拉尔附近的菲利克斯湾，那里平均每年有 325 天在下雨。

或许是这些绵绵不绝的雨水造就了聂鲁达多愁善感的气质，他擅长写爱情诗，并以《二十首情诗和一支绝望的歌》成名。虽然诗人后来以一部政治史诗《诗歌总集》赢得诺贝尔奖，可是他最为世人传诵的诗句恐怕仍是：Es tan corto al amor，y es tan largo el olvido.（爱情是如此的短暂，而遗忘又是那样的久长）值得一提的是，西语诗歌里经常出现 olvido（遗忘）这个词。

1973 年 9 月 11 日，即聂鲁达获奖两年后，在美国政府的策动下，智利发生右翼军人的流血政变，聂鲁达的密友、民选的阿连德总统被推翻，那一天是智利的"9·11"。两周以后，聂鲁达死于癌症，被圣地亚哥的军人政权草草下葬。在士兵的包围下，智利的民众为他举行了肃杀而悲凉的葬礼。

聂鲁达去世后，其作品几乎完全为皮诺切特将军所禁，后者领导的独裁政府改尊另一位诗人加布里埃拉·米斯特拉尔为"国母"和智利的文化偶像。可是，米斯特拉尔本人非常低调，我在圣地亚哥找不到她的踪迹，唯有五千比索面值的纸币上印着她的肖像，那张端庄凝重的脸上混杂着西班牙人、巴斯克人和印第安人的血统。

米斯特拉尔出生在智利北部，比聂鲁达年长十五岁，做过女子中学校长、大学教授和外交官。她以一组《死的十四行诗》奠定文学地位，后来成为拉丁美洲第一项诺贝尔桂冠的获得者，这组诗是对她年轻时自杀身亡的恋人的悼念。因为这场悲剧，女诗人终生未嫁。

圣地亚哥的聂鲁达故居，一片枯叶飘落在诗人的额头上。作者摄

　　我沿着马波丘河岸漫步，泛黄的河水浅显而湍急，有一座跨越两岸的廊桥引起我的注意，桥上有一家咖啡馆。晚餐以后，我散步到旅店附近的一家五星级宾馆，从前台的服务生那里索要了一份圣地亚哥指南，没想到他以为我是住店的日本商人，当即拨通了一家叫卢卡斯的夜总会。

　　十分钟以后，开来了一辆黑色的林肯轿车，戴白色手套的司机把我领进后座，里面的电视画面清晰诱人，还有两位靓丽的迎宾小姐。虽然有足够的理由，我也没有因此打算度过奢侈的一夜。可是，我已经没有任何退路。这是我第一次乘坐豪华轿车，移动超长的空间令人想入非非，当然是免费乘坐了。

　　卢卡斯其实是一家有脱衣舞表演的酒吧，规模之大犹如一座宫殿。那个夜晚最令我印象深刻的记忆是，一位清纯美丽的少女穿着一件白色的紧身长裤，赤裸着上身从几十米长的舞台中央大步走过，脸上没有任何表情，仿佛是一场前卫的时装秀。当她以一个优美的姿态转身回眸，整个大厅里鸦雀无声。

24. 瓦尔帕莱索

在智利的最后一天恰逢我的生日——三月三日，这也是我在南半球的第一个生日，其实昨晚在卢卡斯我已经提前迎来了。上午九点，艳阳高照，我步行来到圣卢西亚广场，那里有一辆大巴即将开往海港城市瓦尔帕莱索。如同杭州有"西湖一日游"一样，圣地亚哥也有"海港一日游"。对我来说，主动参加旅行社组织的游览活动，还是平生头一次，也是唯一的一次。

从圣地亚哥到海边的直线距离并不遥远，可是由于山路弯弯，到瓦尔帕莱索的公路里程有一百多千米。我一边想像着当年聂鲁达经常乘坐的窄轨火车，一面听导游和邻座滔滔不绝地讲述葡萄的栽培和葡萄酒的酿造工艺。随着海拔高度的不断下降和气温的上升，面貌一新的山谷接连出现，不可思议的是，它竟然依次分成了蔬菜、葡萄、森林和渔业四个经济带。

一个半小时以后，我们到达海边的最后一座山头，从山顶可以清晰地看见南太平洋。这是我第一次在陆上见到它，不由得让我想起日本的伊豆、台湾的宜兰以及加州中部的卡梅尔和温哥华，那几处地方也是建在太平洋海边的崖石上。作为首都圣地亚哥的外港，瓦尔帕莱索与希腊首都雅典的外港比雷埃夫斯颇为相似，只不过后者是一片平坦的土地，而前者依着陡峭的山势修建。

　　沿着海滨行走，我发现几乎每户人家的屋顶都与邻居家的地基持平，聂鲁达在诗中称它是"一座向天上延伸的城市"。以他的故居为例，远看有好几层，其实每层都直接连着地面。可以毫不夸张地说，从瓦尔帕莱索的任何地方，都可以看到美丽的海上日落，黄昏时分，

南太平洋之滨的瓦尔帕莱索。
作者摄

这座山城的每幢房子都沉浸在金色的余晖中。不过，这只是瓦尔帕莱索被联合国教科文组织列入世界文化遗产的一个原因。

在连接太平洋和大西洋的巴拿马运河开通以前，瓦尔帕莱索一直是世界上最繁忙的港口之一，从美东开往美西或亚洲的船只在绕过麦哲伦海峡后，通常要在此停靠，包括达尔文乘坐的比格尔号考察船。那是在 1835 年，这位英国生物学家花了 24 天从港口徒步旅行到圣地亚哥。随着美国西部淘金热的兴起，她又成为从美洲西海岸通往欧洲

马波丘河上的廊桥，桥上有一家遐迩闻名的咖啡馆。作者摄

的船只必然停靠的补给港。

　　正是凭借着这种天然的地理优势，加上秘鲁铜矿和银矿的发现，瓦尔帕莱索逐渐从小渔村发展成为海港城市。繁忙的运输业给城市带来了大量的财富，同时也带来了西班牙、英国和德国的移民，他们把自己国家不同的建筑风格呈现在这座城市的大街小巷里。而随着1915年巴拿马运河的开通，瓦尔帕莱索失去了太平洋西岸主要海港的优越地位，她又十分幸运地没有成为一座过分拥挤的现代化都市。

25. 玛丽安娜的爱情

巴拉那河边的玛丽安娜。作者摄

离开圣地亚哥的那天早上，我来到一座以音乐家约翰·塞巴斯蒂安·巴赫命名的广场，广场中央竖立着一尊克里斯朵夫·哥伦布的塑像。美洲是由这位意大利人发现而用另一位意大利人（亚美利坚）的名字命名的，可是这块大陆却没有意大利人的殖民地。或许，这是一种飘逸的艺术气质使然，意大利人是开拓者但不是殖民者。

巴赫广场的一侧是国立美术馆，虽然旅居欧洲的智利人中也有一位早期的超现实主义画家——马塔，他后来移居美国，又成为抽象表现主义的代表人物，超前地描绘了一种不可思议的星球大战和机器人的战争。不过，这座美术馆里最引人注目的藏品却是一幅叫《旅行者》的写实作品，作者是出生在瓦尔帕莱索的卡米诺·莫里。

画中一位少女头戴贝雷帽，系着红蓝相间的围巾，手里握着一本书，略带忧郁地坐在火车上。我相信，正是这种与通常的旅行者有所区别的姿态吸引了观众。我记得以前看到过一幅著名的照相写实主义同名雕塑作品，作者是美国人杜安·汉森。一对大腹便便的老年夫妇戴着墨镜，站在烈日下，胸前挂着生活用品和摄影器具。

　　午后，当飞机再度升入天空，我又一次清晰地看见山中的积雪。不同的是，这次我只用二十分钟便穿越了安第斯山，进入到阿根廷的西部。随着地面海拔高度的不断下降，绿油油的平原逐渐铺开来，纵横交错的田埂通过庄稼色彩的浓淡呈现，然后是一望无际的潘帕斯草原。阿根廷的两座名城科尔多瓦和罗萨里奥均在航路图的北侧，唯有一座叫胡宁（Junin）的小镇在机翼下方显现。

　　胡宁——这个名字听起来好耳熟，仔细回忆，那不正是阿根廷诗人博尔赫斯的诗歌《墓志铭》里写到的那个地方吗？这首献给他外祖父的诗歌写的正是胡宁战役。可是，那个胡宁却是秘鲁中部的一个省份。眼下的胡宁镇人口虽少，却有爱娃·庇隆这样的名人出生在它郊外一座叫洛斯托尔多斯的小村落。

　　其实，胡宁已属于首都直辖省了，不久飞机便开始下降，从布宜诺斯艾利斯这座南美最欧化的城市边沿飞过。尽管那天一路晴空万里，位于南郊的国际机场上空却是乌云密布，飞机盘旋了许久，才突然下决心穿透云层。这与我五个月前初访阿根廷的那次降落如出一辙，只不过这回飞机偏小，加上几天前飞越印加帝国的恐怖阴影未消，心想以后再也不敢乘坐智利航空的班机了。

　　在布宜诺斯艾利斯短暂的换机时间里，我与一位名叫玛丽安娜的女诗人通了话，这也是我美洲最后一次使用电话。她因爱慕一位乌拉圭女诗人自费前往罗萨里奥诗歌节与我相识，不久以前我刚收到她寄来一本阿根廷诗人皮扎尼克的传记。玛丽安娜那年28岁，看上去甚至

智利画家卡米诺·莫里的代表作《旅行者》。

更年轻一些，她已经有固定的男友，而那位来自蒙得维的亚的女诗人年近花甲。

在那座诞生过切·格瓦拉的城市（还有足球天才梅西，不过那会儿他才 13 岁），玛丽安娜告诉我她内心渴望着与她的偶像之间水乳交融的美妙景象，并和我说起她每次渡过拉普拉塔河时那份忐忑不安的心情，想必是被她的梦中情人的诗给迷住了。我曾为她俩拍过一张合影照，两个年纪相差 30 岁的女人之间有一种说不清道不明的情愫。

当玛丽安娜得知我在布宜诺斯艾利斯逗留的时间只有两个小时时，连声说遗憾，我们无法预知下一次见面的日期。她不会说西班牙语以外的语言，而我的西班牙语也会随着美洲的渐渐远去而蜕化。也就是说，即使我们将来有机会见到，也可能无法交流了。

26. 我飞进了南极圈

在候机大厅里，我遇见了一批马来西亚航空公司的乘客，他们乘坐的飞机将经停南非的开普敦和约翰内斯堡飞往吉隆坡，这条航线与全日空开辟的从东京经停洛杉矶或纽约到圣保罗的航线是那时仅有的两条连接南美和亚洲的航线。子夜时分，我爬上了一架双层的波音747客机。

这个庞然大物由阿根廷航空和澳洲航空联合经营，客机的下层全是经济舱。它将把我载往澳洲——我最后的两块处女地之一（另一块是非洲，此后的八年里我有幸得以五次造访）。离开美洲大陆前的最后一刻，我又一次回忆起这一年遇到的各式各样的人物，尤其是在哥伦比亚的那些个日日夜夜，许多或甜蜜或辛酸的往事涌上心头。

就像十多年前我从上海出发去美国一样，飞机并不走地图上的直线，而是向南偏西方向飞行，毕竟，地球是椭球形的。因此，我原先想像的十个小时里两次横穿美洲大陆的情景并没有出现。接下来的约三个小时里，飞机相继穿越了潘帕斯草原和巴塔哥尼亚高原的边缘地带，前者在印第安语里的本意是无树大草原，后者在葡萄牙语里的意思是大足。

据说当年麦哲伦第一次来到这里，见当地人因裹着兽皮在雪地上留下很大的脚印而命名之。不过今天，如果你在南美甚或欧洲的任何一家餐馆说出巴塔哥尼亚（Patagonia）这个词，那意味着一种美味的烤肉。令人欣喜的事还在后头，随着大西洋的再度出现，飞机穿过了福克兰（马尔维纳斯）群岛所处的纬度，逐渐逼近了美洲大陆的最南端：麦哲伦海峡和火地岛。

虽说西班牙在美洲拥有最多的殖民地国家，可是，当初替西班牙人卖命开拓疆域的却是两个并不得志的外国人，一个是意大利人哥伦布，另一个便是葡萄牙人麦哲伦。早年麦哲伦参加葡萄牙的远征军在印度作战，包括攻占马六甲海峡之役，后又在与摩洛哥人的战争中受伤成终身跛脚。回国后麦哲伦两次上奏国王要求晋级和增加年金，均遭拒绝，愤慨之余才放弃葡萄牙国籍转投西班牙国王。

1520 年，麦哲伦率领的西班牙船队穿过了如今以他名字命名的海峡，见到南岸印第安人燃烧的篝火，因此称其为火地岛。这座岛屿的面积不大，却分成东西两个部分，分别隶属阿根廷和智利，其中西区拥有美洲大陆的最南端合恩角，东区的首府乌斯怀亚则是世界上最南的城市，那里停泊着一艘首航南极的"英雄"号帆船，成为旅行者必到的地方。

1820 年，正是从乌斯怀亚出发，美国人帕尔默乘坐"英雄"号帆船率先抵达了南极洲，见到了如今以他名字命名的一片海岸，它位于

前往南极途中的阿蒙森。

南极洲最大的南极半岛北侧，与火地岛仅仅相隔一个（德雷克）海峡。不久帕尔默从商，并在南美独立战争中为玻利瓦尔运输过军队和给养，此乃后话。

从荧屏上看，南极半岛几乎与我们这架航班擦肩而过，我相信，如果是白天的话，应该可以看见。至于到达南极则要困难得多，那里离开帕尔默抵达之处尚有三千多千米，一年里大半时间全天候黑暗。值得一提的是，后一项本该由美洲人完成的壮举却被挪威探险家阿蒙森完成了。刚刚过去的那个秋天，我有幸参观了毗邻奥斯陆峡湾的阿蒙森纪念馆，见到了当年将他送往南极的帆船和狗拉雪橇。

27. 从阿根廷到新西兰

　　出生在北纬 60 度附近的阿蒙森原先向往的是北极，可是，当他于 1909 年计划着去那里时，却得知美国人皮里已经捷足先登，于当年四月完成了到达北极的壮举，不得已他改变计划去南极探险。两年以后的春天，阿蒙森带着 4 名同伴和 52 只狗，乘坐北欧人擅长的雪橇，从世界上纬度最南的水域——鲸湾出发，历时 53 天抵达南极。

　　与帕尔默不一样的是，即便是大功告成以后，阿蒙森仍钟情于探险事业。1928 年，当一位意大利工程师乘坐飞艇在隶属挪威的斯匹次卑尔根群岛（离北极不远）附近失事，他毅然前往营救，不幸罹难。如今，阿蒙森与戏剧家易卜生、音乐家格里格、艺术家蒙克和数学家阿贝尔一样，成为最让同胞骄傲和最受爱戴的挪威人。

　　离开合恩角以后，飞机到达了广袤无际的太平洋水域，当它飞临此次航程的最南端，已经进入了南极圈内。遗憾的是，绝大多数旅客均已身处甜蜜的梦乡，由于与地球自转的方向相反，这又是一个超长的夜晚。包括复活节岛、塔希提岛和库克群岛在内的一长串地名远远偏离了我们的航线，这些岛屿也不在麦哲伦环球航行的路线上，而是在他身后大约一个世纪才被其他西方探险家陆续发现的。

以上提到的人名和地名，如同那些科学史上的伟大定律一样，令人叹为观止。当我一觉醒来，天刚好蒙蒙亮，飞机已过了国际日期变更线。我的邻座是一位去新西兰旅游的巴拉圭青年律师，他的名字叫埃德加，家住巴拉圭河边的首都亚松森。作为马黛茶（又称巴拉圭茶）真正的故乡，巴拉圭也是美洲仅有的两个内陆国家之一，另一个是玻利维亚，后者因为一处狭小的出海口与智利有领土争议。

埃德加渴望去中国旅行，他给我留了一张名片，希望我下次到南美的时候能去巴拉圭。应我的要求，埃德加还赠送了几枚巴拉圭硬币做纪念，那是一种叫瓜拉尼的货币。

瓜拉尼原是印第安人的一个部落，巴拉圭人几乎全是西班牙人和瓜拉尼人通婚的后代，印欧混血儿在全国占到百分之九十，这在美洲国家中高居榜首。埃德加还告诉我，在19世纪与巴西、乌拉圭和阿根廷这三个强大邻国的那场战争中，绝大多数巴拉圭男人战死，当时全国只剩下两万多名男子。

显而易见，我和埃德加之间的交流超越了政治的障碍，也几乎消除了几个月前我为获得巴拿马签证而忍受的屈辱，后者是与中国无外交关系的国家中最具战略地位的。后来我遇到过几位台湾同胞，果然，在大陆知名度不高的巴拉圭在海峡对岸家喻户晓。可是无论如何，我也想像不出将来访问埃德加故乡的可能性，即便是阿根廷人切·格瓦拉，也在穿越美洲大陆的三次旅行中唯独错过了巴拉圭。

拉丁诗歌节海报。

就在我和埃德加闲聊之际，飞机已穿过隶属新西兰的查塔姆群岛和东经 180 度，原来，国际日期变更线在此偏向东面是为了把这座群岛划分到与主岛同一时区里。遗憾的是，飞机没有经过世界上最南的首都惠灵顿，而是从东南方向进入北岛的中部。十几分钟后，飞机再次飞临一个叫豪拉基的海湾，海湾中间有一座比新加坡国土还大的怀希克岛，正是国人所称的激流岛。

回想 1993 年圣诞节前夕，我正在太平洋彼岸的洛杉矶，闻讯中国诗人顾城在这座岛上与妻子同归于尽，甚感意外。同时也深深地遗憾，与他齐名的几位朦胧诗人我都在旅途中一一认识了。最后，经过整整 12 个小时的飞行，飞机终于在新西兰时间早晨五点降落在海湾西端的奥克兰国际机场。机窗正对着东方，我看见日出像一面大钟，在天边悬挂着。

28. 塔斯曼海和毛利人

在飞机降落奥克兰机场的一刹那，我发现这座城市最狭隘处只有几千米宽，那也是整个新西兰北岛最狭隘的地方。城东是邻接太平洋的豪拉基湾，西边是隶属塔斯曼海的马努考港。与出发地布宜诺斯艾利斯相比，奥克兰的纬度更南，它也是我到过的最靠近南极的陆地。依然是南半球的秋天，我看到宽敞明亮的候机大厅里栽种着各式各样高大的植物，而旅客却稀稀落落。

忽然之间，我感觉到，与南美的阿根廷一样，新西兰也是地球的一个尽头，我们所搭乘的是从东方飞来的唯一的航班。亚松森的青年律师埃德加与我握手作别，他和他的四个同伴将在新西兰逗留两个星期，而后再飞澳大利亚。我们期待着有朝一日在巴拉圭或中国再度相逢，不过那也许需要神的推动。

让我尤其感到兴奋的是，我到达的不仅是一个新的国度和新的大洲，也是波利尼西亚大三角的一个顶点。这个几乎全等的三角形另外两个顶点分别是美国的夏威夷群岛和智利的复活节岛，其面积差不多

荷兰航海家塔斯曼。

是魔鬼三角（即百慕大三角）的一百倍，包括塔希提、萨摩亚和汤加等岛屿均在其中。所谓波利尼西亚人是指这个三角形内的所有土著居民，也包含邻近的斐济人和图瓦卢人，新西兰的毛利人自然也在其中。

相传13世纪时，毛利人从塔希提岛移民而至。正如美洲各地的印第安人有着不同的语言和生活习性，波利尼西亚各族人也是如此，能歌善舞的毛利人留给人印象最深刻的当然是他们见面时所行的亲鼻子礼。更有意思的是，毛利语里的辅音字母仅有十个，即 m、k、m、n、p、r、t、w 和 ng、wh，例如，怀希克拼写成 Waiheke。

据说奥克兰是全世界毛利人和波利尼西亚人最集中居住的地方，可我却连他们穿的花花绿绿的草裙也没见到。两个小时后，飞机再度升空，这回我们要跨越的是塔斯曼海。虽然这片海的宽度相当于南中国海的长度，空中飞行需要两个多小时，但对于刚刚飞越整个美洲大陆和南太平洋的旅客来说，已经算不了什么。

塔斯曼是荷兰最伟大的航海家，正如达·伽马、亚美利加·韦斯普

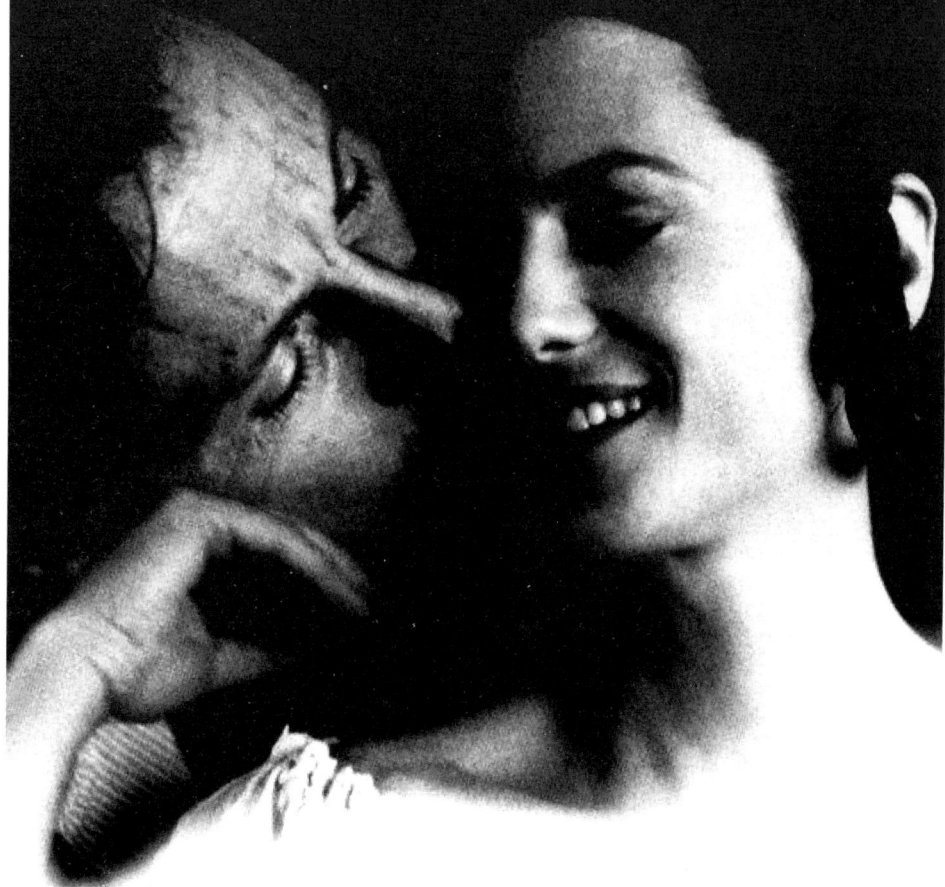

电影《钢琴课》海报。

奇、库克分别是葡萄牙、意大利、英国最伟大的航海家。有意思的是，最伟大的西班牙航海家哥伦布和麦哲伦都不是西班牙人，或许是作为一种补偿，西班牙才涌现了两位冒险家皮萨罗和科尔特斯，他们分别以征服印加帝国和墨西哥留名。相比之下，法国人的冒险精神有些匮乏，因此才有了凡尔纳那样的幻想。

塔斯曼发现了汤加和斐济群岛，他比库克早一个多世纪抵达了新西兰，并与毛利人有过一番激战。除了这片连接新西兰和澳大利亚的海域以外，塔斯曼还被用来为澳大利亚东南的一座岛屿命名。那座岛屿的面积相当于台湾和海南两省的总和，其首府霍巴特却是以在每年岁杪前夕举办长距离的帆船赛闻名，那项赛事的出发港恰好是本次航班的终点站——悉尼。

我想起几年前看过的一部新西兰和澳大利亚合拍的电影《钢琴课》，该片曾获戛纳电影节金棕榈大奖和奥斯卡最佳女演员奖。讲的是哑女埃达千里迢迢被卖到新西兰的一座小岛上做邮购新娘，随嫁的还有女儿和一架钢琴，不料不解风情的丈夫却拿她的钢琴换地增产，甚至连老婆都贴给买主当免费钢琴教师，最后自然失去了她。从地图上看，塔斯曼海中屈指可数的岛屿均属于澳大利亚，故而我推想，电影里的岛屿不在此海中。

29. 留有衣缝的悉尼

当飞机降落在澳洲最大的城市——悉尼，我的老同学卿光在那里迎候。机场建在一处叫植物园湾的海滨，我们随后驱车前往市中心，他的夫人萍和女儿兰都在家，十几年没见，兰已经从一个蹒跚学步的婴儿长成一个大姑娘了。卿光和我大学同班，有两年甚至同居一室，他以一副伶俐的口齿为南方学生赢得了声誉，可惜外语说得磕磕巴巴（我一直认为，这两者之间有着某种必然的联系。）

没想到的是，卿光最后竟然在英语国家居留下来。在学术方面，他也可谓大器晚成，目前仍在新南威尔士大学做博士后。放下行装，我们再度出发去参观他的学校，并在他的办公室里查看了伊妹儿，那时候还没有 MSN 或 QQ 那类聊天工具。当晚，卿光带我去郊外的一家乡村俱乐部，他的用意是想让我了解澳洲人的野蛮。

这家以威尔士首府加的夫（Cardiff）命名的俱乐部外表装潢朴素，内部陈设也十分简陋，却涌入了大量的酒徒和顾客。俱乐部分内外两个大厅，中间还有门卫站岗，进入内室需购买 15 澳元（相当于人民币

60 元）的门票。那也是卿光带我来的目的，不用说他为我掏了腰包，不过我们仍需等待整点时分的来临。

其实，内室一点也不比外间豪华，唯有一艘充足气的直径三米左右的橡皮船仰躺在中央，里面涂上了一层薄薄的泥浆。五分钟以后，出来两个身材高大的女人，她们穿着长袖的衣裤，跳进了橡皮船。接下来的一幕就像两只母鸡的搏斗，直到衣服被一层层剥光，她们的胴体沾满了泥浆，即便凸出的乳房下方也是如此，间或露出几处洁白的肌肤，容易让人联想起罗兰·巴尔特所言"留有衣缝之处"的性的快感。

卿光告诉我，这项肉搏运动起源于英国乡村，后来被移民带到澳洲，保留至今。我想起驻伊拉克美国女兵喜欢在泥塘里打滚，还想起麦德林诗歌节期间，一位新西兰诗人谈及他的同胞受强大的邻国欺负时，常会翻出陈年老账，骂他们是囚犯的子孙。原来，直到 1787 年 5

作者乘船游悉尼港。

月（美国已建国 11 年），新南威尔士州首任州长才匆匆押送 776 名英
国罪犯到澳洲，在悉尼这块地方建立了第一座城市。

　　19 世纪初，悉尼仍只是英国罪犯的拘留地。这座城市建立在一个
有着无数港汉的大海湾周围的丘陵之上，占有突出位置的是海湾大桥
和南端的歌剧院，此桥是世界上最大的单孔桥梁之一，而歌剧院则以
其闪闪发光的贝壳状白色屋顶与海湾内众多游弋的白帆交相辉映。虽
说那位神秘的丹麦设计师从未到过澳洲，不过我相信他至少看到过德

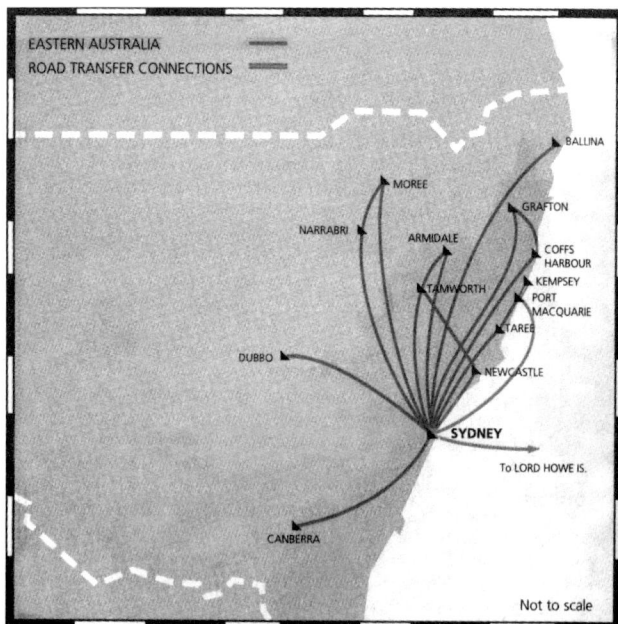

澳洲东方航空公司航路图。

里荷花寺的照片，两者外形相近而寺庙的历史更为悠久。

翌日上午我在悉尼市中心地带闲逛，海德公园和中国城都是伦敦有的，只是这里规模少了许多，用来命名街道和地区的英国名字至少还有利物浦、温莎、布鲁克林、约克、威廉·詹姆斯。只是我没有看到几个月前刚刚落幕的夏季奥运会的痕迹，大概那些场馆全在郊外吧。我从达令港出发，乘船游览了海湾，从水面亲近了海湾大桥和歌剧院。随后，卿光带我去了澳洲最著名的海水浴场——邦德海滩，以及尖尖的伸入大海的南头。

南头（South Head）这个地名虽然有点怪异，却是悉尼的富人区，强风催动波浪拍击岸边的礁石，有几只被主人牵着鼻子的小狗颤抖着走过悬崖。傍晚时分，我们穿过海湾大桥，来到了城北，那里居民和游人稀少，却有着无数美丽的小海湾，甚至令我想起数学家曼德勃罗的海岸线无限长理论。华灯初上，我们隔水眺望悉尼的夜景，那可能是澳洲最让我难忘的一幕了。

30. 阿米代尔之旅

到悉尼的第三天下午，我在机场取到一张机票，搭乘澳洲东方航空公司的小飞机，前往三百千米外的大学城阿米代尔（Armidale），途中在乡村音乐之都——坦沃斯（Tamworth）作了短暂停留。那几天澳洲全境的天气都非常好，可谓是秋高气爽，加上飞行高度偏低，因此让我一睹途中的风光。

澳洲人口最稠密的新南威尔士虽然在全国各州里面积不算大，却相当于中国的整个华东地区，或者英国和法国面积的总和，比起大不列颠三个组成部分之一的威尔士来更是多出四十倍。据说是因为该州海岸陡峭，与威尔士南部海岸相似，故而航海家库克爵士以此命名。

库克出身低微，父亲是苏格兰工匠，年轻时他在北海的运煤船上做学徒，利用夜间和冬休期钻研数学，这为后来准确地测绘海图打下了基础，经他之手修正的世界地图较历史上任何人都多，以至于后来当选为英国皇家学会的会员。在所有知名的航海家中，库克大概是最有学问的一个。

　　不仅如此，在我看来，库克船长还可以称得上是最后一个伟大的航海家，因为在他之后，人们只有去极地探险的份了，就像美国人皮里和挪威人阿蒙森那样。其中，后一项工作更接近于极限体育运动，也比较接近于后来那些挑战月球和太空的宇航员。

　　新南威尔士有一条重要的地理分界线叫大分水岭，它把狭长的海岸带和西部大平原分开。阿米代尔海拔一千多米，正好坐落在此山的山腰上，一个半小时以后飞机开始降落，气温明显降低了，我的另一位老同学一宏不仅到机场迎候，还为我准备了御寒的衣服。

　　一宏比我年长一岁，也曾和我同室两年，他学生时代便是高材生，后来留学英伦，专攻偏微和泛函分析。博士后出站以后，他来到澳洲，就任于新英格兰大学。说起来有意思，年长一宏四岁的卿光是在他指导下取得博士学位的，尽管如此，由于澳洲的大学体系近似于英国，教授的名额非常稀罕，至今他仍是一个高级讲师，但他对此并不在意。

　　寒暄过后，我们驱车前往学校专为短期访问学者提供的玛丽怀特公寓，一间卧室加一间会客厅，非常实用。随后我们来到他的家，一座独立的院落，见过了女主人和他们的一双儿女。杜夫人在化学系实验室工作，擅长动手和操持家务，当晚她亲自下厨，露了几手。说起来我还是他们的红娘呢，早年我做好事的成功率可谓百分之百，尽管那个时候我本人还是孤身一人。

　　后来，随着社会的开放和离婚率的上升，再做这件事已经吃力不讨好了，以至于最后完全失去了动力。无论如何，在相隔十五年以后，这份喜酒我总算是喝到了。新英格兰大学没有我的同行，翌日上午我作了一场有关同余式历史的通俗报告，包含了整数幂模意义上的同余理论的新结果，十几位听众全是数学系和计算机系的教师或研究生，据一宏说已经算是比较多了。

阿米代尔只有两万人口，且远离大城市，一宏愿意在此安家定居，无疑是需要勇气的。当天下午，我们带着他的女儿驱车向西，到达一片丘陵和森林地带，由于前两天刚下过大雨，溪流浑浊不堪，间或我们见到了几处瀑布。途中还遭遇了几只可爱的野生动物，我才知道袋熊和袋鼠各有两种，就是树袋熊和毛鼻袋熊，袋鼠和沙袋鼠。

按照德国气象学家威格纳的大陆漂移学说，两亿年前，不仅美洲大陆和欧非亚大陆连在一起，甚至澳洲、马达加斯加和南极洲也堆砌在一起，形成一个超级大陆。他的一个理由是大西洋两岸的地形可以相互嵌入，另一个理由是这些大陆和岛屿上的蚯蚓、蜗牛和猿猴等古生物化石十分相似。威格纳曾三次赴北极圈内的格陵兰考察，最后在岛上殉难，也算是为大器晚成的德意志民族赢得了尊敬。假如他有幸见到中国的熊猫，是否会以为它和澳洲的袋熊在禀性上也相投呢？

31. 穿越千岛之国

从阿米代尔返回悉尼的那天，澳洲依然阳光灿烂，我原本打算和卿光一起开车去首都堪培拉，因此搭乘了早班飞机。没想到山中大雾弥漫，飞机推迟了一个多小时才起飞，到悉尼以后，卿光又因事耽误了一会。等到我们吃过午饭，向南驱车行驶到植物园湾，又遇上了长长的堵车。澳洲因为地多人少，即使是在东部沿海经济最发达的地区，也没有修建全封闭的高速公路。

不得已，我们只好取消了堪培拉之行，改在 Cronulla 的海滨公园里玩耍，除了观看业余水准的英式橄榄球比赛以外，还有意无意地注意海湾对面的航空港。自从那次乘坐智利航空飞越印加古国遭遇险情以后，我的安全心理一直没有恢复正常，现在通过近距离反复观看飞机的起飞和降落，感觉就像成年人上下自行车一样轻松容易，从此又放宽了心。事实上，你想它出事也不会发生。

翌日午后，我乘坐新加坡航空公司的班机，从悉尼出发前往日本福冈，参加第二届中日数论会议。本来，福冈和悉尼在经度上比较接近，可是却偏偏要向西绕道新加坡，差不多走了一个直角的两条边。飞机先是沿着新南威尔士的塔斯曼海岸，接着很快进入了内陆，到达昆士兰州以后，已经远远偏离了首府布里斯班。

大约一个半小时以后，飞机在巴克利台地附近进入了北部地区，这大概是澳大利亚幅员最辽阔的省份了。首府达尔文闻名遐迩，据说在 1839 年前后，那位发明进化论的英国生物学家亲自测量过这一带海岸线。在达尔文港北面几十千米处有一座梅尔维尔岛，我原以为与那位写作了《白鲸》的美国作家有关，他早年作为捕鲸船上的水手遍游南太平洋。后来才知道，名叫梅尔维尔的还有英国的海军大臣，那些

穿越千岛之国——印度尼西亚。　★引发海啸的地震中心　●新加坡　■巴厘岛
　　　　　　　　　　　　　　　　▲山打根　✚苏拉威西岛　✳香料群岛

电影《望乡》剧照。

航海家们讨好的对象之一。

不一会儿，飞机在帝汶海（Timor Sea）跨越了亚洲和大洋洲的分界线，并从帝汶岛的西侧穿行而过。此岛的主要部分及附近的小岛组成了东帝汶，从前隶属于葡萄牙，宣布独立后的第九天被印尼强占成为它的一个省。就像沦为印度一个邦的锡金一样，东帝汶的归属在联合国仍有争议（一年以后，即 2002 年 5 月 20 日，联合国向东帝汶移交政权，东帝汶正式建国）。对此昔日的海上霸主英国熟视无睹，即使邻近的澳大利亚也袖手旁观，印尼的人口可是它的十倍，这也是为何堪培拉总是对华盛顿言听计从的原因，她需要美国的庇护。

帝汶海属于印度洋的分支海域，而帝汶岛则位于努沙登加拉群岛的最东面，此群岛的最西端是闻名于世的旅游胜地——巴厘。努沙登加拉不为我们所知可能与发音拗口有关，其实它在印尼语里的含义非常简单，努沙意为岛屿，登加拉意为东南，因该国主要岛屿苏门答腊、爪哇和加里曼丹均在其西北方向。

万隆理工学院景色。作者摄

　　过了帝汶岛后，先是在几处陌生的海域穿行，诸如萨武海和弗洛勒斯海，后者的名字十分优雅（葡萄牙语里的 flores 相当于英文里的 flowers），但其北面的苏拉威西近年来暴乱不止，是印尼最大的恐怖组织——伊斯兰祈祷团的根据地。此岛东临马鲁古海，与所谓的香料群岛（今名马鲁古群岛）相望，后者经过阿拉伯商人绘声绘色的描绘，激发了葡萄牙亲王亨利的想像力，才有了 15 世纪达·伽马绕道好望角到印度的探险之旅。

　　接下来，我们抵达了闻名遐迩的爪哇海，这片海域南北宽度仅两百多千米，与台湾海峡相差无几。南面的爪哇岛面积不大，却是世界上人口最稠密的地区，包括首都雅加达等大城市均在此岛上。多年以后，我曾来此岛游学半个月，落脚在有着"印尼清华"之称的万隆理工学院。万隆是西爪哇省的首府，也是著名的万隆会议的举办地，同时是远近闻名的"燕窝之乡"。万隆海拔 730 米，气温温和宜人，是四季炎热的雅加达人向往和度假之地。

　　在爪哇海北面，是一个名叫加里曼丹的世界第三大岛，又名婆罗洲。加里曼丹也是全世界唯一由三个国家分割的岛屿，除了印尼以外，还有整个文莱苏丹和马来西亚的大部分领土，其中东北端的港市山打根正是二十多年前风靡中国的日本电影《望乡》故事的发生地，这部影片依据同一个作者的两部小说《山打根第八妓院》和《山打根之墓》拍摄而成，栗原小卷和田中代绢的表演曾使学生时代的我为之着迷。

32. 樟宜国际机场

　　在爪哇海上空飞行，一种发自内心的兴奋之情激发了我的谈话欲望。原来邻座是一位新加坡的马来商人，他告诉我，印度尼西亚语和马来西亚语其实同种，且都使用拉丁字母，主要区别在于拼写的方式，印尼语的文字系统是由荷兰人设计的，而马来语则是由英国人设计的。黄昏时分，飞机渐渐偏离了爪哇岛，进入到苏门答腊和婆罗洲之间的卡里马塔海峡。

　　除了岛屿众多以外，印尼还有"火山之国"的雅号，这两者恐怕关系密切，因为火山和地震繁多，陆地自然容易被分割。不久以前，发生在苏门答腊西北海域的地震引发的海啸更是造成印度洋周边国家数十万人的死亡。用欧几里德几何学的眼光分析，假如来个反对称变换，地震发生在苏门答腊的东南方向，即卡里马塔海峡，情况无疑会更糟糕。除了南面的首都雅加达会遭受灭顶之灾以外，北面的新加坡也难逃厄运，而这两座城市是世界上人口最稠密的。

　　果然，不出半个小时，飞机便穿过了赤道线，接着从窗户里看见了星火点点，那是停泊在马六甲海峡上的船只，随后才是高密度的灯火。我们飞临了新加坡上空，盘旋一圈后降落在东郊的樟宜国际机场，那里与马来西亚仅一河之隔。新航是近年来崛起的航空业新秀，令我印象深刻的是几年前的一次飞机失事，那是一架飞往台北的航班，每位乘客家属获得四十万美元的巨额赔偿。

由于新加坡只有两百多万人口，附近的马来西亚又有一家不错的航空公司，因而大部分主顾是那些在欧亚澳三大洲之间中转的旅客，为此樟宜机场候机厅设计得富丽堂皇，栽种了许多绿色乔木，并有一个户外的休息处。那是一座屋顶花园，旅客可以到那里感受赤道的湿热，小雨淅淅沥沥地下着，即使是在三月的夜晚，气温仍高达三十多度。我找到那里，还真有不少人舍弃舒适的空调呢。

殊为难得的是，樟宜机场可以免费拨打国内电话。在我到过的国际机场里，只有伊朗的德黑兰提供类似的服务（听说瑞典的斯德哥尔摩也这样，但我在斯堪的纳维亚只乘坐过火车）。我如约和友人宋琳通了电话，两年前他的妻子在法国驻新加坡大使馆找到工作，他便成了外交官先生，携带着两个儿子一起从巴黎来到狮城。

宋琳又一次在我的旅途中出现，但这回我们无法相见。他在电话里告诉我，他们最希望能在驻中国大使馆或领事馆找份工作，但竞争对手实在太多了，新加坡相对容易一些。果然，他们任期结束后没去北京，却到了讲西班牙语的布宜诺斯艾利斯。我和宋琳还聊起聂鲁达，这位智利诗人年轻时曾同时兼任新加坡和印尼的领事，那年他才23岁，已经在仰光和科伦坡做过外交官。

樟宜机场的日式餐馆。作者摄

　　诗人的回忆录里谈到的这段经历尽是些风流韵事，而对于政治、经济却很少提及，反而觉得智利这样的小国不应该向地球另一边的群岛、海岸和礁石派驻官方代表。这符合智利男人好色的个性，在诗人从科伦坡坐船抵达新加坡以后，他没有打听到有智利领事馆的存在，当天便回到了船上，继续向雅加达（那时叫巴达维亚）方向进发，并在卡里马塔海峡勾搭上一位犹太少女。

　　我在新加坡的中转时间长达七个小时，估计和聂鲁达停留的时间差不多，却没有任何艳遇。候机大厅里有一场免费的音乐会，为了让乘客过得舒适，机场每晚安排专业人士表演，那天是一场古典音乐小品集萃，甚至能听到莫扎特的小夜曲，而各国风味的小吃店也在大厅的另一端排成了一长溜。难怪这样一个弹丸之地能吸引那么多乘客，每天的旅客吞吐量将近十万，起降的飞机架数进入世界五十强。

　　提起这份五十强名单的，除了新加坡以外，亚洲还有首尔、东京（成田和羽田）、香港、曼谷和北京六个机场入围，其中主要起降国内航班的东京羽田机场与美国的亚特兰大、芝加哥、洛杉矶、达拉斯、丹佛和欧洲的伦敦、法兰克福、巴黎、阿姆斯特丹同列前十名，远远高出成田机场，毕竟国内航班的乘客要比国际航班的多。樟宜只有国际航班，因此取得这样的成绩实属不易。

33. 从南海到东海

子夜两点，飞机终于从樟宜机场起飞了。同机的乘客焕然一新，黑压压的一片，几乎全是穿制服的少年。原来，他们是来新加坡春游的日本中学生，这让我颇为感慨，我年少时春游是步行到邻县，美其名为野营或拉练。飞机首先斜穿了马来西亚的一小片国土，接着便来到了南中国海，一个小时以后，几乎到达了湄公河口，已更名胡志明市的西贡在前方出现，令我疲惫的双眼微开。

遗憾的是，转瞬之间飞机又偏向了东方，远离了印度支那半岛。那时我根本没有想到，当年秋天我就有机会探访这座半岛的四大名城——河内、万象、金边和西贡，惊讶于后者街上快速行驶的摩托车数量之多。不久，飞机便经过了曾母暗沙和南沙群岛，在我的睡梦中还将迎来西沙和中沙群岛，这几处领土有争议的小岛，在某种程度上也阻碍了多边关系。在我看来，如果前文所假设的欧几里德海啸真的发生，倒是可以自动消除结症之所在。

南海的水域面积之广令人惊奇，它周围拥有的国家和地区之多在世界范围内大概仅次于地中海和加勒比海，而与波罗的海不相上下。当我们飞临台湾海峡，东方已露出鱼肚白，由于是新加坡航班，飞机得以进入中国领空，在高雄和澎湖列岛之间穿行而过，进入宝岛以后，又相继飞越了台中和新竹。

到达台北上空时，空姐开始供应咖啡和早餐，那天晴空万里，临窗的乘客可以清晰地看见整个台北市，真是一次意想不到的奇遇。我想起五年前的台湾之旅，幸运地得以见到年近八旬的舅舅，如今只隔着一万多米的距离，恐怕是最后一次如此接近他老人家了。果然，两年以后，在那次令人恐怖的"非典"流行期间，舅舅辞世了。

其实，我的舅舅并非死于"非典"，而是因为肺结核病发作，碰巧赶上台湾的"非典"高潮，被当作疑似病人隔离起来。这对于一个饱经风霜的老人来说无疑是个致命的打击，以至于提前离开了人世。他一生的大半辈子作为一名远洋轮船的水手和船长，被许多不同国籍的船主雇佣，足迹遍及五大洲四大洋，包括我此次环球旅行所到达的八个港口：上海、瓦尔帕来索、布宜诺斯艾利斯、奥克兰、悉尼、新加坡、福冈和长崎。

舅舅有一次受雇香港招商局时曾遭遇海难，在他的指挥调度下，全体船员获救，他是最后一个下船的，为此得到过英国交通部的嘉奖，不料却被柏杨先生无端指责★。我每次读到舅舅寄给母亲的信，都要到地图上查找一番，那是我孩提时代最大的乐趣之一。记得有一封是从日本的横滨发出，他因为身体不太好，加上从横滨到新加坡这段水域较为平稳，便把船交给大副驾驶，自己则乘飞机直接去了新加坡。

在台北舅舅家门口。

　　离开台北的外港基隆以后，飞机进入了东海的水域，从荧光屏所显示的地图上可以看出，右侧除了著名的钓鱼岛以外，还有隶属琉球群岛的先岛诸岛，包括与那国、西表、石垣、宫古四岛。这四座岛屿的名字虽然陌生，却是离中国最近的日本领土，与基隆的距离不过两百千米。

　　这之后，我们飞抵与浙江海岸线平行的公海上空，左侧的故乡小城——台州黄岩一闪而过，还有温州、宁波和舟山群岛，包括外婆的南田岛和渔山列岛。右侧也是星罗棋布的岛屿，从冲绳诸岛到土噶喇列岛，统称琉球群岛，令我想起加勒比海的小安的列斯群岛。一个多小时以后，我们已经来到朝鲜海峡，从佐世保进入了日本的九州岛。

　　★参见柏杨（1920—2008）杂文《沉船与印象》，收录在其代表作《暗夜慧灯》。

34. 饭冢数学会议

离开哥伦比亚整整两个星期以后，我乘坐新加坡航空公司的飞机抵达日本九州岛的中心城市福冈，中日数论会议的主办方——近畿大学派来一位大四学生庆子小姐在机场迎候。这是我第二次到访日本，与前一次相隔了七年时光，那一次我是从旧金山返回上海的旅途中，在东京稍作停留，再沿着新干线造访了富士山、芦之湖、伊豆以及关中的丰田、名古屋。

取好行李，我和庆子小姐走到福冈机场的国内部，从那里坐上一辆发往远郊的公共汽车。一路上鸟语花香，几乎是沿着山间的溪流东行。近畿大学本部位于关西重镇大阪，以往我搭乘的国际航班多了，发现大阪是唯一可以与东京抗衡的日本名城。七十多分钟以后，我们抵达了近畿大学九州工学部的所在地——饭冢市，那里离开九州岛的最北端——北九州似乎更近一些。

中日数论会议发轫于上个世纪末，基本上是两年一次在两国轮流举行，原本有把范围扩大到印度和韩国的意图，但至今尚未实现。不过，她的大门一直对全世界的同行敞开着，本次会议就有来自德国、意大利的数学家，还有一位任教美国佛罗里达大学的印度人。2007 年秋天和 2008 年夏天，我再次来日本，参加了东京诗歌节和在大阪召开的第五次中日数论会议。而即将召开的第六次会议，我和浙江大学将成为东道主。

在下榻的旅店里，我遇到了北京大学的潘承彪教授，他是我昔日博士生导师潘承洞教授的胞弟，还有上海大学的陆鸣皋教授、中国科学院的贾朝华教授和西北大学的张文鹏教授，后两位也是中日数论会议最初的发起人。日本方面，主要由会讲中文的名古屋大学金光滋教授（Shigeru Kanemitsu）热心操办，如果没有他，就不会有这项前所未有的学术交流了。

两年以后，我在印度的硅谷——班加罗尔再次遇上了金教授（实际上他复姓金光，但他本人更愿意被称作金教授，以便听上去更像中国人的姓氏）。因为那次会议的参加者中只有我们俩是印度以外的亚洲人，相互之间有了进一步的了解，方知原来他与莫斯科方面也频繁联络，而他来中国已经不计其次了，看来是一位难得活跃的日本数学家。

饭冢是一座只有几万人口的小城，物价相对低廉，选择此地开会主要是为了节省开支。金光教授发给我们每人五万日元的生活费，除了会议期间的点心和晚宴招待以外，吃饭问题由我们自行解决。九州靠近朝鲜半岛，因此饮食颇受韩国的影响，尤以烤肉店居多，一般是顾客自己动手边烤边吃。

朝华和文鹏比我早到，对周围的饭店已有所了解，因此我们去的

三位中国数论学家在开幕式上，左起
张文鹏、潘承彪、贾朝华。作者摄

作者在日本小卖店。

应该是最具风味的几家。很快，我便熟悉了饭冢这座小城，街道两旁栽着菩提树和桂树，有一条叫远贺川的河流贯穿市区，四座一百多米长的桥梁连着两岸，中央还有一座小岛。岛上开满了油黄的芥菜花，樱花时节尚未来临，而饭冢的市花——大波斯菊则要等到秋天才开放。

　　每天晚餐以后，金教授和几位日本数学家便过来陪我们去泡吧。这让我有些惊讶，因为据我所知，中国的数学同行平常几乎不去酒吧。饭冢的酒吧其实也是小餐馆，大多开在小巷深处，门口挂着红灯笼，通常只能容纳几十位顾客。长长的桌子，周围是榻榻米的坐席，把各位的距离拉得非常近。我在欧美参加过许多次会议，访问逗留的时间就更长了，从来没有和外国同行如此密切地交往过，我相信日本同行在西方也会有同样落寞的感受。

　　这种亲情大概与中日两国源远流长的关系有关，尤其是九州，两千多年前就与中国有了交往。除了好客以外，日本人的遵纪守法再次留给我良好的印象，即使是一个人经过空旷的十字路口，也必定等绿灯亮了以后。提起红灯笼，在近畿大学举行的欢迎宴会上，也悬挂着好几盏呢，看来它已成为日本的国粹了，每年八月中旬的灯笼节是全日本最热闹的传统节日，企业通常要放假一至二周。

35. 阿苏火山之旅

　　会议进行到第三天，组委会安排我们到九州中部的阿苏火山游览，近畿大学派出了一辆豪华大巴。大巴并没有经过福冈，而是沿着一条两车道的公路，直接驶往西南的熊本县。我的邻座是东京大学的佐藤教授，他告诉我九州和中国的古称并无直接的联系，这座岛屿在 7 世纪时共有九个小国，如今减缩为七个县。

　　佐藤还告诉我，"畿"即京畿，指的是古都奈良和京都，这两座日本仅有的古都相距约五十千米，均为仿唐朝的长安所建，附近的大阪自然就叫近畿了。那也是日本最吸引游客的地区，据说每年都有三分之一的日本人前往京都朝拜。不仅如此，所有的日本人都有一个信念，就是一生至少要去京都一次。我要等到再过七年，才乘第四次日本之行得以造访，果然是名不虚传。

　　我与佐藤聊起了他的两位东大校友——谷山和志村，他们属于日本战后最富创造力的一代，虽然所受的教育并不完整（这与中国的情形颇为相似）。半个世纪以前，两人提出了一个代数几何领域的猜想，

阿苏火山的山口截面。作者摄

一位德国数学家推断，由谷山－志村猜想可以直接推导出举世闻名的费尔马大定理，不久这个推断由一位美国数学家得到证实。

上个世纪末，英国数学家安德鲁·怀尔斯正是靠着证明谷山－志村猜想，一举攻克了费尔马大定理。显而易见，那个美国人运气不太好，假如他和怀尔斯的工作在时间上作个调换，那项巨大的荣誉就落到他头上了。佐藤告诉我，谷山和志村的个性截然相反，一个衣着不整，另一个十分考究，两人共同的爱好是泡吧、光顾小餐馆。

在历史上，日本数学一直落后于阿拉伯、印度和中国，他们主要通过译介中国古代著作来传播数学（有的是从朝鲜半岛传入），如《周髀算经》、《九章算术》和《孙子算经》。到了17世纪，这种局面才有所改变，日本人发展出自称为"和算"的数学体系，不过，也只是限于计算弧长和相交圆柱公共部分的体积。

19世纪末开始的明治维新运动促使日本敞开了国门，在数学领域则实行"和算废止，洋算专用"（唯有珠算沿用下来），开始了近代数学的研究。20 世纪后半叶以来，先后有五人次获得国际数学界的最高荣誉——菲尔兹奖或沃尔夫奖，其中小平邦彦一人独揽两项，这在亚洲绝无仅有。

　　小平邦彦是在日本取得博士学位，在东京大学副教授任上前往美国的，他在 52 岁壮年即返回祖国，后来才领取了沃尔夫奖。另一位菲奖得主广中平佑也是在国内接受高等教育，他 45 岁就回国效力，而 20 世纪五十年代出生的森重文和沃尔夫奖得主伊藤清除了出国访学以外，一直在日本的大学学习和任教。值得一提的是，以上四位数学家均未加入过外国籍。

　　两个小时以后，大巴直接驶上海拔一千六百米的阿苏山巅，气温明显降低，幸好我们全穿着冬装。阿苏山由五座山峰组成，我们到达的那座山峰其碗状的山口周长绵延一百多千米，是世界上最大的活火山。山顶有许多碉堡状的掩体，以防备火山突然喷发时游客可以躲避，顺着山口我们清晰地看见，岩石和土层像被刀割了一样整齐，没有一棵草木，不时有浓浓的青烟从下面的深渊冒上来。

　　返回饭冢的路上，我问起阿苏的来历，佐藤告诉我那是神仙的名字，传说古代天皇来此巡游，没见到一个人，于是神仙装扮成人，回答说有我阿苏在呀。我又问佐藤既然富士山已经休眠了三个世纪，为何名声如此显赫，他解释说富士是日本的最高峰，如同中国人有天人合一的思想，日本人讲究山人合一，加上富士山附近人口稠密，因此每年夏季都有数以千计的人登顶朝拜。

阿蘇くじゅう国立公

大阿蘇登山記念

平成13年３月14日

世

2001年
成13年 3月 14日

一の火口

世界上最大的活火山——阿苏火山。作者摄

36. 原子弹的长崎

在欧洲和北美，无论是参加学术会议还是诗歌节，组委会一般只安排市内游览，日本人就不同了，他们和中国人一样有着东方式的热情好客。会议进行到第五天，金教授亲自做导游，率领与会的中国数学家和几位西方同行，乘火车前往九州西端的长崎游览。这座海滨城市我孩提时代就知道了，她是离开上海最近的外国城市，到上海的距离比到东京或汉城都要近，飞行时间只需一个小时。

可是，九州的火车却开得很慢，这条路上又没有新干线。首站是福冈，后面几站的名字非常有趣：鸟栖、鹿岛、谏早，最后到达长崎，用时整整三个小时。好在铁道线两侧景色宜人，快到目的地时，海湾边上出现了许多小山峦，每个山峦都坐落着一个村庄，田里栽种着谷物，还有袅袅的炊烟，与中国南方的乡村颇为相似。

由于所处的地理位置特殊，长崎是日本最早对外开放的贸易港之一，不仅中国的商船，甚至葡萄牙人、英国人和荷兰人也从这里进入日本，还有天主教和枪械。如果不是被称为神风的台风两次阻止，日

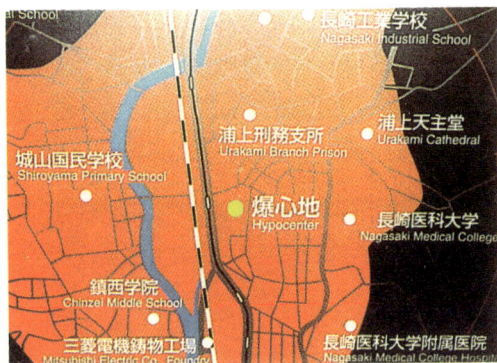

长崎原子弹爆炸地形图。

本也可能像中国和朝鲜那样一度被蒙古人占领了。在从 17 世纪中叶开始的两百多年闭关锁国期间，日本禁止国人出国并大肆驱逐外国人。

当时唯一的例外也是长崎，它是德川幕府政权准许开放的港口，甚至允许朝鲜人和小部分经商的中国人、荷兰人居留下来。从地图上看，这座城市的形状如一座圆形剧场，濒临港湾的山坡上修建起弯弯的街道和层层排列的房屋，居民明显比瓦尔帕莱索多多了。不过，鉴真第六次东渡的登陆地点却是在长崎以南鹿儿岛市郊区的一个渔村。

由于远离首都和日本的经济中心，长崎没有贡献出值得称道的文化艺术，不过，她是意大利作曲家普契尼的歌剧《蝴蝶夫人》故事的发生地，这部名扬世界的两幕歌剧依据美国同名小说改编，讲的是一个世纪以前，艺妓巧巧桑（蝴蝶夫人）的悲惨命运，她十五岁时嫁给驻守长崎的美国海军上尉平克尔顿。上尉回国三年音讯全无，痴情的蝴蝶夫人谢绝了包括亲王在内的所有求婚者。

可是，巧巧桑最后等到的却是绝情的丈夫，他偕同新婚妻子准备

长崎原子弹爆炸后形成的蘑菇云。由于是在空中提前引爆，死亡人数只有广岛的一半。

带走夫人与他所生之子，于是她悲痛欲绝，拔剑自刎。剧中巧巧桑期盼丈夫归来所唱一曲《晴朗的一天》尤为精彩，遗憾的是，金教授并未带我们到海湾边相传故事发生地的那座宅第。在我看来，比起日本右翼势力和某些政客的言行来，一个更难解开的谜团是，为何在大量吸收了中国文化，尤其是采用汉字书写之后，日本突然在9世纪（平安时代）完全中断了与中国（唐朝）的交往和联系？

　　除了在东海之滨漫步，参观和平公园里和中华街、中国人馆以外，我们在长崎的其余时间大多是在原子弹纪念馆度过的，这也是每一位游客的必到之地。1945年8月6日，美军B-29轰炸机先是在本州的广岛投下第一枚原子弹，三天后，飞机又来到九州，准备在小仓投放，那里有家兵工厂（北九州会跟着遭殃）。

　　不料乌云密布，遂改投长崎。当时长崎上空也有云层，飞行员接到了指令，准备四分钟后退回到设在太平洋关岛的基地，忽然间云雾散开。幸好飞机在空中五百米处提前爆炸，伤亡人数比广岛减少了一半，约七万五千，其中有韩国人一万。六天以后，天皇宣布投降，二次大战就此结束。

　　在返回饭冢的火车上，我不由得感叹，历史有时是偶然发生的，甚至气候和机械故障也可以起到关键作用。环顾四周，每个人心情都非常沉重，加上旅途的劳顿，谁都不愿开口说话。快到福冈时，金教授附身轻声告诉我，本次会议的论文集将收入我写的一首献给费尔马的小诗，也算是旅途中一个意外的收获。万万没想到，十年以后，日本会遭遇另一次地震和海啸引发的核危机和大灾难。

37. 尾声：回到起点

在福冈县博物馆里，有一枚汉光武帝刘秀赐予日本国使者的"汉委奴国王"印章，那是在公元 57 年。这枚印章是 1784 年，在福冈海湾的志贺岛出土的，当地的一位农民在一块巨石下面发现了它。在《后汉书》里，这枚印章也有记载，不过，日本直到公元 4 世纪才首次获得统一，因此委奴国应该是九州的一个小国。

这一点《汉书·地理志》上写得也很清楚，"海中有倭人，分为百余国。"这里"委"同"倭"（读 wa），这枚印章也成了"倭国"之称谓被认为是从中国传入的主要依据，后来日本人自己也接受了这个名字。至于"日本"一词，据说是与阿苏火山有关，因为在日语里"火"与"日"同音，日本又有"火山之国"之誉。

由此看来，中日两国的交往至少有着两千多年的历史。再考虑到陆上和海上"丝绸之路"的拓展，看来古人对东西向的交流情有独钟，毕竟相近的纬度有着相似的天气。我的环球旅行也是自东向西，明天我就要结束这次奇妙的旅行，从福冈乘飞机返回上海。晚上，会议主办方在一家名叫"巴黎的黑船"的饭店设宴钱行。

虽然，我为中日两国关系并没有随时间的推进而变得密切起来感到遗憾，但我接触到的日本人对中国都还是非常友好的，这种发自内心的真诚有些无可奈何，可还是让我感觉到了。事实上，那种心理上的长期敌对直接妨碍了两国人民相互间的取长补短，其中某些教益是无法从西方国家获取的。

从"巴黎的黑船"这个名字可以看出，日本人和中国人一样对欧洲文明非常推崇。或许，正是这种文化上的落后和经济上的发达形成

从福冈到杭州。 ✦济州岛 ■饭塚 ▲阿苏火山 ★长崎

的反差，加上历史上个别事件的发生，造成了某些日本人的阴暗甚或畸形的心理。而作为一个旅行者，他必须热爱生活，热爱他所到达的每一个国家的人民。

在那个阳光明媚的初春午后，我踏上了归途。屈指算来，过去的49天里，我有三分之一的时间花在旅途中。飞行至东海上空时，我又想起鉴真和尚。鉴真生活的年代正值盛唐的8世纪，那是日本对中国顶礼膜拜的年代，在来华取经的僧人盛邀之下，他产生了去日本传授佛教的念头。可是，佛教不像基督教那样有着派遣传教士的传统，反而他的行动受到朝廷的种种阻挠，以至于历尽艰辛才到达九州。

鉴真后来客死异乡，多年以后，我在那次造访京都的旅途中也游览了奈良，拜访了他圆寂的唐招提寺。在鉴真之后，七下西洋的郑和也死在了印度。再后来，法显、玄奘、哥伦布和达·伽马也作过地区性的冒险旅行。麦哲伦虽有环球航行的勇气和行动，却在菲律宾中部的马克坦岛被杀，未能亲自完成原先的计划。最后，还是儒内·凡尔纳在他的小说里让他的主人公完成了环球旅行。

想到这里，我为自己能够轻松地实现自己的梦想而激动，那通常是今天的千万富翁们花费巨资才能完成的。这样的旅行就像一本书的写作一样，更多地属于个人行为，即使在被大家分享了之后。对我来说，或许一生就那么一次，而这一次也就足够了。我没有想到的是，整整十年以后，我有机会再次环球旅行，并且沿着完全相反的方向。无论如何，那次旅行都像是一只不会褪色的彩球，永远飘扬在我记忆的天空里。

奈良的寺庙。作者摄

初访欧罗巴

2009 年秋，作者在兰波故居朗诵。

1. 飞抵巴塞罗那

屈指算起来，过去的十五年间，我已经二十三次造访欧洲了。参加数学会议或访问，出席诗歌或文学节，还有私底下的活动，其中有几次分别是从美洲和欧洲出发抵达，还有几次是乘船或开车，跨过欧非和欧亚大陆之间的直布罗陀海峡和博斯布鲁斯海峡。可是，印象最深刻的无疑还是第一次。现在，我试图回忆的正是那个奇妙的夏日，我第一次出发西行。那是 1995 年 7 月 14 日，大约是在早晨八点钟，一架波音 747 飞机从上海虹桥机场腾空而起，载着我那尚且消瘦的躯体和孩提时代的梦想。

那次飞行历时二十个小时，比通常多了七八个小时。途经外蒙古、俄罗斯、白俄罗斯、立陶宛、波兰、捷克、德国、比利时、法国和西班牙十个国家，其间在北京、布鲁塞尔稍作停留，并在马德里换乘伊比利亚航空公司的客机。当我最后抵达巴塞罗那时，已经是当地时间晚上十点了，由于时差的缘故，卡泰隆尼亚的天空依然是明亮的，那真是漫长而神奇的一个白天。

布鲁塞尔素有"欧洲首都"之称，其原因我想不外乎她与伦敦、巴黎和波恩等距离近，且比利时在欧洲算是个不大不小的国家，因此北约秘书处和欧盟总部都设在这里。但我最早对她留下印象却是阅读了英国诗人 W. H. 奥登的诗歌《正午的车站》，这首只有八行的短诗开头写道："一列稀奇古怪的快车从南方开来"，据批评家分析，奥登写这首诗的时候正在布鲁塞尔，慕尼黑在南面，这就和纳粹主义对西欧的军事行动发生联系。

不过，在我看来，布鲁塞尔的南方应该是巴黎，巴黎和它的铁路联系比任何其他欧洲城市更为密切。有意思的是，在我几乎同时写成的诗歌《愿黑发披散黑夜永留》里，竟然也出现了这样平凡的句子：

机翼下方的西班牙原野。作者摄

"布鲁塞尔的猫在屋檐上走动"。至于在陆地上游览这座城市则要等若干年以后，我从巴黎乘坐"欧洲之星"抵达时才得以实现。

马德里位于欧洲之角——伊比利亚半岛的中央，以拥有普拉多美术馆和"银河舰队"——皇家马德里足球俱乐部闻名于世。除了雷克雅未克、都柏林和里斯本，马德里是欧洲最西的首都，比她南的首都也有三个：里斯本、雅典和瓦莱塔。五百年前马德里甚至是全世界的首都，从这里产生了伟大的哥伦布和麦哲伦，委拉斯凯兹和戈雅，塞万提斯和维加。

可是，那时我所了解的却是二十世纪二三十年代的马德里，是拉法埃尔·阿尔贝蒂、费德里科·加·洛尔伽、萨尔瓦多·达利和豪·路·博尔赫斯的马德里。我对这座城市的细心探访要等到 2005 年秋天，我才有机会做客马德里大学。我记得西班牙电影导演布努艾尔的自传《我最后的叹息》里谈到马德里的大学生公寓，单人房间每天收费 7 比塞塔，双人房间 4 比塞塔。然而时过境迁，我收到的 JA 数学会议邀请信中提到，巴塞罗那大学学生公寓的单人房间每天收费 4000 比塞塔，双人房间 2800 比塞塔。

2. 阿拉伯数字的旅行

　　JA 是法语里"数论日"（Journées Arithmétiques）的简称，19JA 可以译成是第十九届欧洲数论会议。自从 1963 年在法国北部名城里尔举行了第一次会议以后，每隔两年在法国不同的城市举行，1980 年起在法国和欧洲其他国家轮流举行，这些国家是英国、荷兰、德国和瑞士。JA 在西班牙还是第一次，组委会的一位官员因此戏称，这是继 1992 年第 25 届奥运会之后在巴塞罗那召开的最重要的一次会议。

　　由于没有别的洲际性会议，JA 事实上已成为全世界数论学家最大的盛会，来自五十多个国家的两百多位学者出席了本次会议。自然科学尤其是纯粹数学是无国界和种族的，参加者早已超出欧洲的范畴，不过人数一点也不均等，例如，法、美、德、英四国的就占了一半。而总共才有四位华人数学家参加了这个会议，其中三位分别来自香港和台湾。

　　数论主要是研究整数特别是自然数的性质，自然数即我们大家从幼儿时代起就熟知的阿拉伯数字 1、2、3……作为人类最早最伟大的发现之一，自然数不仅在数论领域而且在整个数学里都占有非常重要的地位，甚至还有"整数物理学"一说。包括费尔马大定理、哥德巴赫猜想、孪生素数猜想、黎曼假设在内的许多最为大众熟知的数学定理都与整数有关，有关整数的性质几千年以来一直是令人着迷和探讨的对象，可以说人们对自然数的兴趣和人类文化本身一样悠久，以至于高斯称数论为"数学的皇后"。

虽说自然数是唯一和永恒的，可是几乎每个民族都有自己的书写方式的演变史，唯有阿拉伯数字这一方便记号最后为全世界普遍接受。但阿拉伯数字实际上源于印度，9 世纪被巴格达著名的数学家花拉子密写进他的著作里，随着阿拉伯人鼎盛时期的远征传入北非和西班牙（阿拉伯人统治西班牙长达四百多年）。据说一个叫莱奥拉多的意大利人曾受教于西班牙的一位穆斯林数学家，还曾游历北非，1202 年，他出版了一部数学著作，这是阿拉伯数字传入穆斯林以外的欧洲的里程碑。

这是一次漫长而有趣的旅行，印度人的发明在翻山越岭抵达阿拉伯的首都之后，并不是通过君士坦丁堡（基督教的拜占庭是伊斯兰的死对头），而是绕道地中海南岸从伊比利亚半岛传入欧洲。这使我想起 13 世纪下半叶威尼斯人马可·波罗到中国的旅行，出于相似的原因，这位大旅行家也是经由以色列和巴勒斯坦绕过了君士坦丁堡，不过是以相反（逆时针）的方向而已。

需要指出的是，也是在 13 世纪初，阿拉伯数字曾传入我国，但未被采用。直到清代，著名数学家梅文鼎（1633—1721）介绍西方算法时，仍不肯使用阿拉伯数字。19 世纪末，西方笔算法传入中国，才逐步采用阿拉伯数字和其他数学符号。同时值得一提的是，我们现在使用的阿拉伯数字是经过欧洲人的改造，与阿拉伯世界仍在使用的阿拉伯数字并不相同。

Language – Arabic 785

Numbers – Arabic

Arabic numerals are simple to learn and, unlike the written language, run from left to right. Note the order of the words in numbers from 21 to 99.

0	·	sifir
1	١	waHid
2	٢	idhnīn
3	٣	dhaladha
4	٤	arba'a
5	٥	khamsa
6	٦	sitta
7	٧	sab'a
8	٨	dhimania
9	٩	tis'a
10	١·	ashra
11	١١	Hda'ash
12	١٢	dhna'ash
13	١٣	dhaladhta'ash
14	١٤	arba'ata'ash
15	١٥	khamista'ash
16	١٦	sitta'ash
17	١٧	sabi'ta'ashr
18	١٨	dhimanta'ash
19	١٩	tisi'ta'ash
20	٢·	'ishrīn
21	٢١	waHid wa 'ishrīn
22	٢٢	idhnīn wa 'ishrīn
30	٣·	dhaladhīn
40	٤·	arbi'īn
50	٥·	khamsīn
60	٦·	sittīn
70	٧·	saba'īn
80	٨·	dhimanīn
90	٩·	tis'īn
100	١··	imia
101	١·١	imia wa-waHid
200	٢··	imiatayn
300	٣··	dhaladha imia
1000	١···	alf
2000	٢···	alfayn
3000	٣···	dhaladha-alaf

真正的阿拉伯数字。

3. 巴斯克少女

　　我出发前，和北京诗人芒克通过电话，他碰巧年初去过巴塞罗那，便把他的一位好友林墨介绍给我。林墨是哈尔滨人，在北京画画，与西班牙驻京使馆人员混得熟，便找机会来到巴塞罗那。先是在餐馆打工，不久就做了老板，并娶了一个健美的姑娘为妻。午后和林联络，约定下午六点碰面，后来我发现这个地点比他家还远一倍，觉着蹊跷，询问一个过路的巴斯克少女伊莎贝尔，她来自西海岸的毕尔巴鄂，热情大方，为我指点迷津。伊莎贝尔正巧有空，我便请她陪我赴约。中间有些差错，终于还是见到了林墨。

　　林墨的餐馆墙壁上挂满了自己的作品，艳丽块状的色彩招人喜欢，顾客看中的话可以当场选购。他是一位不折不扣的东北大汉，把巴塞罗那比作上海，把马德里比作北京，而他一点都不喜欢中国南方。尽管如此，他仍请我们喝咖啡，三人均是初次见面，那时我还没有学会西班牙语，结果四个人用四种语言交流。我和林墨讲汉语，和伊莎贝尔说英语，伊莎贝尔和林墨说西班牙语。后来去林家，他打开一瓶

伊莎贝尔和林墨。作者摄

"自由古巴"，亲自下厨，为我们烧两只眼睛长在一边的比目鱼，伊莎贝尔和林墨的妻子又说起了卡泰隆尼亚语。可以这么说吧，卡泰隆尼亚语对西班牙语来说，就像粤语对普通话。

伊莎贝尔，毕尔巴鄂大学法学院的三年级学生，我所认识的第一个西班牙少女，竟然还是一位诗人，她尊美国诗人华莱士·斯蒂文斯为师，年内将与一位波兰少年合作出版处女诗集。毕尔巴鄂滨临比斯开湾，是巴斯克人的首府，仅次于巴塞罗那的西班牙第二大港。我对巴斯克人所知甚少，只知道他们大多生活在比利牛斯山区，是西班牙和法国的主要少数民族，有自己的语言，并且是一度风靡世界的贝雷帽的发源地。

伊莎贝尔出生在智利，父母都是毕尔巴鄂大学的文学教授。她一头棕发，下唇上长着一颗黑痣，11 岁开始写诗，小小年纪便游历了全世界。她似乎懂得很多，对音乐尤为入迷，为了一场歌剧，她会从毕尔巴鄂飞到巴塞罗那，她喜欢卡雷拉斯胜于多明戈，还向我推荐加拿大歌星莱昂纳多·柯恩，鲍伯·迪伦下周将来巴塞罗那演出——我也注意到大街上的这条广告。

鲍伯·迪伦，摇滚乐最主要的艺术家，"垮掉派一代"领袖爱伦·金斯堡在诗中称其为"天使般的迪伦"，他是伦敦出版的《现代文化词典》一书中收入的对 20 世纪世界文化有重要影响的三百多位名人里唯一的歌星（入选的还有甲壳虫乐队）。一年前我从美国带回的为数不多的 CD 唱片中就有鲍伯·迪伦的《雨中的女人》，可惜我不能在巴塞罗那待那么久。

4. 学术报告与酒会

　　银幕上首先显示出开普勒方程 $x - e\sin x = t$ ，接着是开普勒第二定律：$A(t) \sim t$。这是瑞士数学家 Gisbert Wüstholz 在作报告，他演讲的题目《有理整式的超越性和莱布尼兹问题》，把现代数学问题和古典大师的名字联系起来，无疑是十分诱人的。因为美国的强大，英语已成为世界通用的语言，也已成为数学家的国际语言。同时，也引起了一些欧洲大陆人的不满，一位长得酷似美国演员梅丽尔·斯特里普的波尔多大学女教授就拒绝说一句英语。

　　相比之下，法国大数论学家 Deshouillers 教授显得更有风度，他在报告之前说："英语算不了什么。不过既然大家都能听懂，那就说英语吧。"据统计，全世界每年出版的数以万计的数学论文中，用英文写作的占了一半以上。尽管如此，英语能否（像17世纪以前的拉丁语那样）成为全世界学者们的通用语言，仍然值得我们怀疑。我在会议第二天最后一个出场，我的论文《任意数域中理想集上的数论函数》一个月前已经在波兰的《数论学报》上发表，因此显得胸有成竹。

JA 会场。作者摄

欧洲文明有着悠久的历史，欧洲人比美国人、加拿大或日本人更懂得如何招待客人，这通过一次酒会就可以看出来。酒会在卡泰隆尼亚政府所在地一幢哥特式建筑的大厅里举行，每天在当地新闻媒体上露面的首席行政长官（相当于前苏联加盟共和国的总统）普约尔亲自出席并主持了酒会，无疑这是西欧的一项传统，酒会前主人还带领我们参观了附近的一幢古典式的皇家花园。

虽说我对这样一个像蜜蜂一样嗡嗡乱叫的场面不太感兴趣，但毕竟有许多美味的点心和水果可以享受，每当身着黑礼服的侍者端上新的托盘，很快就会被蜂拥而至的数学家们抢劫一空。西班牙人酒会的气氛是轻松愉快的，相比之下，美国的大学里教授们过于讲究形式，真正可以享用的东西很少。遗憾的是，面对香槟和葡萄酒，我却因为酒力有限不能畅饮，至于喜欢泡吧，那更是后来的事情。

每逢这种时候，我都会想起拜伦勋爵，这位被视作"希腊英雄"的英国诗人虽然生活放荡不羁，却毕生痛恨饮酒，只喝苏打水。由于没有大陆同行在场，我避免了另一种尴尬，以往在中国人我常常被人这样调侃，"李白斗酒诗百篇，诗人怎么能不大碗喝酒呢？"这个问题当年曾被一位著名的朦胧诗人抛给美国诗坛泰斗约翰·阿什伯里，得到的答复是，"用酒精刺激？这样的游戏我年轻时便玩够了"。

5. 地中海最大的港市

与法国的马赛、意大利的热那亚和那波利（我不太喜欢那不勒斯这个译名）相比，巴塞罗那拥有更多的人口和货物吞吐量。她在西班牙人或外国旅游者眼里可以和马德里相互媲美，甚至略胜一筹，这种地位在其他欧洲国家难以找到，比较接近的可能是圣彼得堡和莫斯科，克拉科夫和华沙（另一方面，在欧洲人的一些前殖民地国家，比如北美的加拿大和美国，南美的巴西和玻利维亚，大洋洲的澳大利亚和新西兰，非洲的南非，首都除了政治中心以外是微不足道的）。

考虑到巴塞罗那是西班牙的少数民族——卡泰隆尼亚人的居住区，这种情况更是少见。在这里，卡泰隆尼亚语是第一语言，西班牙语是第二语言，地铁报站就依这两种语言的次序广播（也有以卡泰隆尼亚语为第一语言的国家，那就是位于法西边境的袖珍小国——安道尔，多年以后，我从法国南方城市图卢兹乘坐一辆巴士踏访了那座山谷里的天堂，它的另一个客源地正是巴塞罗那）。

一般来说，处于一个国家次要地位的语言是难以取得举世瞩目的

霍安·米罗像。

文学成就的，这已被无数事实所证实。蒙得维的亚出生的法国诗人于勒·苏佩维埃尔身上虽然有一半血统来自巴斯克（另一半来自乌拉圭），却一直使用法语写作。可是，操这种语言的艺术家却可以成为世界级的艺术大师。比如，出生于巴斯克的作曲家约塞夫·莫里斯·拉威尔，出生于卡泰隆尼亚的画家霍安·米罗和萨尔瓦多·达利，其中米罗的故居就坐落在巴塞罗那市区。

　　与主要由阿拉伯人发展起来的马德里相比，巴塞罗那的历史无疑更为悠久，以至于人们搞不清楚她究竟是由腓尼基人还是由迦太基人建立的，这两个有着渊源关系的古代民族坐落在地中海的东岸和南岸，即今天中东的黎巴嫩和北非的突尼斯。有一种流传已久的说法，巴塞罗那（Barcelona）的名字来源于公元前 3 世纪迦太基人的领袖巴尔卡（Barca），他是以征服罗马帝国闻名的民族英雄汉尼拔的父亲。

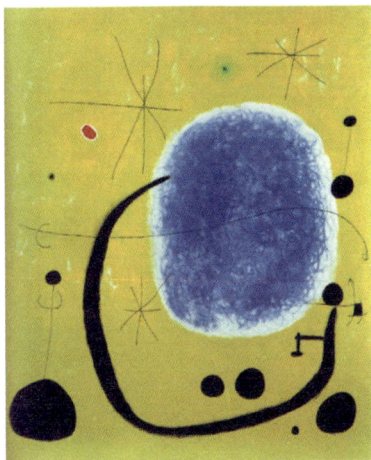

《金蓝》，霍安·米罗作。

　　无论如何，巴塞罗那最早是作为地中海的一个商埠发展起来的，在中世纪，由于加泰隆尼亚与内陆的阿拉贡合并而使得它成为重要的贸易城市。可是，随着 14 世纪瘟疫的流行，巴塞罗那开始衰落，首都也迁往那波利了。直到 19 世纪，随着现代工业尤其是纺织业的发展，巴塞罗那才重新焕发出青春，成为地中海最繁华的港市，加上丰富多彩的人文资源和优美的环境，使得美国《国家地理》杂志把她列入"一生最值得一游的十座城市"之一，这在西班牙语世界独一无二。

6. 安东尼·高迪

　　米罗出生在巴塞罗那，达利出生在巴塞罗那附近的菲格拉斯，毕加索虽然出生在安达卢西亚的马拉加，十四岁时全家迁至巴塞罗那。即使是在他们日后移居巴黎之后，仍时常返回这里。我想如果要评选20世纪十个最伟大的画家的话，他们三位都会当选。这几乎是一个奇迹，即使是世界艺术之都的巴黎，也只能以幸运地拥有这三位西班牙人而自豪。可是在巴塞罗那，最著名的艺术家却是建筑师安东尼·高迪。

　　作为一名建筑师，高迪有着与众不同的风格，其作品特色为形式自由、色彩艳丽、纹理奇特以及这三者之间有机的统一。在高迪的眼中，一切灵感来源于自然和幻想：海浪的弧度、海螺的纹路、蜂巢的格子，都是他酷爱采用的表达思路，他痛恨硬邦邦的直线，乐于用柔和的曲线和五彩的颜色表达一切。

　　有一天下午，我找到了米拉公寓，那是高迪世俗建筑的代表作。这座公寓以雕塑般的连续运动为特征，波浪形的屋顶线条，犹如绚丽多姿的植物长满了阳台，一个房间或走廊，毫不间断地向另一个流动。所有的墙壁都是弯曲或倾斜的，给人一种无限延伸、变幻莫测的空间感。这件作品，在植物的自然主义图案装饰和抽象中，浮现出一幅多姿多彩的梦境。

　　而高迪的代表作萨格拉达·法米利亚教堂，则堪称世界建筑史上的杰作。其中十字耳堂上的四个哥特式尖塔，已成为巴塞罗那市的首要标志，也出现在奥运会电视节目的片头里。从 1893 年起，高迪开始为

作者在高迪的米拉公寓前。

巴塞罗那一标志、高迪的另一代表作：
法米利亚教堂。作者摄

这座教堂工作。直到如今，一百多年过去了，这座教堂仍然没有完工，还只是一些片断，然而每天游人如织，这又是一个奇迹。

作为后现代主义建筑伟大的先行者，高迪把自己的一生都献给了巴塞罗那。在我到过的国家里，还没有一座城市和一个艺术家的名字联系得如此密切。高迪的名声之响亮不得不让我注意到他，他出现在巴塞罗那的每一本导游手册上，尽管那时候他在中国尚且默默无闻。

1862 年，丹麦童话作家安徒生来巴塞罗那访问时，曾赞叹此城为"西班牙的巴黎"，那时候高迪才是年方 10 岁的小男孩。他们两个人都为自己的祖国争得了巨大的荣誉，也都因为爱情不如意终生未娶。高迪晚年只是自言自语地说道："为避免陷于失望，不应受幻觉的诱惑"，以此来似是而非地解释他独居的原因。

更为悲惨的事还在后头，1926 年，在巴塞罗纳有轨电车通行典礼上，73 岁的高迪走在马路上，不小心被这一新兴的交通工具撞翻，随之撒手人寰；如果不是被一个仰慕他的老太太在不用付费的穷人医院里辨认出来，也许向来衣着朴素的高迪的尸体就会被拉到公共坟场草草埋掉，那自然也不会发生后来风光无限的全城送葬。

7. 巴塞罗那第一街

西班牙人的热情好客名不虚传，学术会议议程刚刚过半，又一场酒会在等待着数学家们。那天下午的报告提前结束，我们被领到附近一处幽静的庭院。松柏、草坪、水池、花丛，布置得十分雅致，据说这是前独裁者佛朗哥的别墅，后来充公归了巴塞罗那大学。今天酒会的主人是巴塞罗那市市长马拉加尔，这位市长因成功主办第 25 届奥运会而在西班牙乃至整个欧洲享有盛名。

我对市长大人说些什么并不关心，我想无非是对数学和数学家表示一番敬意，比如讲述孩提时代的一桩逸事，引来数学家们一阵又一阵的掌声。我注意到搭在草坪上的一个小小舞台，一支乐队开始演奏爵士乐。暮色迟迟未能降临，在经过一番斛筹交错之后，突然响起了西班牙风格的音乐，市长先生带头跳舞。

我原先还以外他们跳的是著名的弗拉门格舞，后来有人告诉我弗拉门格舞流行于南部的安达卢西亚地区，其精华特色是响板，音乐方面则综合了吉卜赛、安达卢西亚、阿拉伯和西班牙犹太人的风格。更

数学家的酒会，巴塞罗那。

让我失望的是，闻名于世的西班牙斗牛也与卡泰隆尼亚无关，只是在节日里才有表演（瓦伦西亚和萨拉哥萨才是观看斗牛的最佳地点）。

舞蹈开始不久，法国小伙子 Gerard Juin 便向我使眼色，这位里摩日大学的博士候选人，天生一副喜剧演员的表情，他约了我和他的同学让·皮埃尔、弗朗西斯和他们的导师斯马蒂教授一起逛街，在路上我们又拦截了斯特拉斯堡来的女博士艾玛和东京大学的富士教授（两年前我们在香港的一次会议上相识）。多年以后，我应斯马蒂教授之邀到里摩日访问，这几位年轻人却已经四处离散，有的甚至弃学从商了。

兰博特街在巴塞罗那非常有名，其地位相当于巴黎的香谢里舍大街或纽约的百老汇。不同的是，中间占三分之二的路面供游人行走，并设有各种露天的酒吧、咖啡座，两侧是慢车道，最边上又是人行道。兰博特街西起西班牙广场，顺坡而下向东至哥伦布广场，与地中海相连。我们先去逛了海滨的一个自由市场，我从一位坦桑尼亚妇人手里买了一块蜡染的画布，接着便徒步向东走去。

　　不难想像，与兰博特街相连的每条小巷里人丁兴旺，我们找到一处雅致的小店吃夜宵，游人渐渐散尽，微黄的灯光照在小巷深处不高的墙壁上，仿佛又回到了中世纪，一名手执长矛的骑士喝醉了酒唱起了情歌。这一幕情景与纽约的时代广场不甚相同，反倒接近于我后来抵达的巴黎圣米歇尔广场。

多年以后，作者访问里摩日大学，与斯马蒂教授及其同事共进午餐。

8. 直布罗陀之梦

十几年前那会儿，我最向往的是印度、南美和非洲（如今这几个地方我都已经造访过多次），待到我来到欧洲南端的伊比利亚半岛，这种愿望就愈发强烈，因为西班牙和非洲大陆只隔着几十千米宽的直布罗陀海峡。有一天下午，我抽空来到巴塞罗那的中心火车站，其心情就像从前在北美旅行时一样激动。

让我失望的是，这里不仅没有一份囊括整个欧洲甚或西班牙的火车时刻表，也没有在一定时间和区域内通用的联票，我第一次感到不能把美国的经验搬到欧洲。好不容易我才了解到，从巴塞罗那到西班牙最南端的城市阿尔赫西那斯每天只有一班列车，而且要在一个叫科尔多瓦（公元719年起成为穆斯林的首都长达四百年）的安达卢西亚小城中转。

阿尔赫西那斯有船开往非洲摩洛哥境内的休达，休达（离著名的卡萨布兰卡不远）和另一个城市梅利里亚被西班牙永久占领，就像阿尔赫西那斯旁边的城市直布罗陀被英国永久占领一样。花一万比塞塔

（相当于 1300 元人民币）去一个新的大陆，这是一项美丽诱人的计划。

　　在车站问讯处排号时，我认识了两位古稀之年的阿根廷老太太——Magarita Carvajal 和她的表妹 Mary Goya，她们是在伦敦度完假后来到巴塞罗那的。玛丽是西班牙大画家戈雅的后裔，玛格丽特则认识阿根廷大作家豪·路·博尔赫斯，她年轻的时候曾是布宜诺斯艾利斯著名的眼科医生 George Malbran 的女秘书，这位医生为患遗传性眼疾的博尔赫斯动过手术，她因此与博尔赫斯、他的母亲和第一任夫人熟悉。

　　不仅如此，玛格丽特的父亲是位著名的教育家，博氏圈子里的人大多是他举办的晚会里的常客。手术采用的方法是由中国医生 Sato 发

作者和两位阿根廷老太太在巴塞罗那火车站。

斗牛士在准备致命一击。作者摄

明的，这位中国医生（我无法知道他的原名）从未到过南美，但显然在阿根廷十分出名。遗憾的是这次手术仍然没有成功，博氏很快就失明了。多年以后，我把博氏的处女作《布宜诺斯艾利斯的激情》翻译成了中文，并三次飞临拉普拉塔河边。

据玛格丽特回忆，博尔赫斯的第一任夫人又肥又大，第二任夫人（应该是那位日本武士的后裔玛丽亚·科达玛）又瘦又丑，玛格丽特对博尔赫斯的母亲倒是非常敬佩，认为她了不起。我问博氏有多高，她回答说比我矮。这时候广播快要叫我的号了。我们互赠纪念品并合影留念，五十年前那个挂着拐杖端坐着的博尔赫斯又浮现在我们面前。他能区分光和阴影，玛格丽特说。

9. 奥林匹克和足球之乡

　　JA 会议结束前的那天下午，东道主率领我们游览市容，先是参观高迪的一些建筑和展示民族风情的西班牙村，接着到了城东南濒海的奥林匹克中心。在上届奥运会主会场，一位美国教授提议我们来一次百米竞赛，这的确是一个美妙的主意。我们来到奥林匹克博物馆，观看了十五分钟的一个特别节目，音乐和图像很快把我们带回到三年前的夏天。

　　记得那时我独自一人在厦门旅行，随意敲开一个陌生的人家，观看了开幕式的转播，他们请我吃很甜的西瓜。后来我丢失了电话本，便提前踏上了归途，在台湾海峡上飘游。我还想起纽约现代艺术馆一个不大引人注目的角落，一架微型的放映机在反复播放《一条安达卢西亚狗》，这部片子的主演皮埃尔·巴契夫已经被人们遗忘。

　　现在我就在这部影片的制作者之一萨尔瓦多·达利的故乡（路易斯·布努艾尔的出生地阿拉贡也离此不远），令人奇怪的是这里只有毕加索和米罗的博物馆，而没有爱出风头的达利的纪念馆。米罗的影子

佛拉门戈舞的伴奏者。

随处可见，他为西班牙最有钱的银行 La Caixa 设计了徽标，一颗人形的蓝色海星星，旁边黄点表示钞票，红点表示钱匣子。

除了艺术以外，西班牙人还拥有足球天赋。虽然西班牙直到 2010年夏天才获得世界杯冠军，国内甲级联赛也不如意甲和英超那么红火，但西班牙的足球从来没有弱过，各俱乐部拥有众多的南美球星，这是因为在整个拉丁美洲西班牙语畅通无阻。今年的世界足球先生属于巴塞罗那队的梅西，此前获得这份荣誉的四位巴西人罗马里奥、罗纳尔多、里瓦尔多、罗纳尔迪尼奥也是在巴塞罗那效力时成就辉煌的。

那时候阿根廷人马拉多纳刚刚很不情愿地离开马德里，而罗马里奥和斯托依奇科夫依然效力于克鲁伊夫执掌帅印的巴塞罗那队。值得一提的是，一年前的那个夏天，我在加州亲眼目睹了罗马里奥和贝贝托（效力于拉科鲁尼亚队）各中一元，使得巴西队在世界杯前的最后一场热身赛中以 4∶1 大胜萨尔瓦多国家队。

那次我曾经试图接近巴西队歇脚的地方，但被威严的警察所阻，

火焰一般的佛拉门戈舞。

尽管如此，我相信，我与坐在替补席上的罗纳尔多的最近距离应在五米以内。那是一次激动人心的比赛，遗憾的是，虽然那个夏天我抵达了九个世界杯举办城市中的七个：洛杉矶、芝加哥、纽约、波士顿、华盛顿、奥兰多和斯坦福，却没有机会亲临赛场。当巴西队和意大利队决赛的哨声吹响时，我已经离开与洛杉矶相隔万里的天涯海角——哈利法克斯了。

10. 告别宴会和旅游王国

　　为时五天的 JA 会议宣告结束，数学家们在台阶上随意合影，有人在户外鸣放鞭炮，以示庆贺，下一届 JA 的东道主——法国里摩日大学的代表向大家发出了口头邀请，1997 年再见！隆重的告别宴会是在濒临地中海的一幢古典式建筑的顶楼举行，天花板高达 15 米，中央由一组相互连接的白色的半圆柱形构成，圆柱的直径至少有 4 米，在灯光的照耀下显得异常华丽。我们在休息室里稍作停留，便被黑衣侍者领入座位。

　　我向来不善描绘此类场景，尤其是对美味佳肴和酒类缺乏鉴赏，否则我早就成为美食家或美食作家了。只是感觉那晚的就餐环境和菜肴都很合我意，特别是台上一支长笛演奏小组的表演，两个矮胖的中年男子和两个身材修长的黑衣少女轮流充当第一长笛手，仿佛置身于巴洛克时代的一次宫廷宴会。

　　其间，发生了一个小小的插曲：7 位围坐在一起的日本数学家由于在演奏时去取冰镇的啤酒发出响声，引得周围的人暗自发笑。稍后我

JA 宴会图。

在休息室里遇见香港理工大学的于教授，他对这次宴会的收费（70美元）之高表示感叹（当然像我这样来自第三世界的被免掉了）。乘着天色尚早，我们约了台湾大学的康明昌教授一起去海边漫步。也正是这次漫步，促使康教授邀我一年以后访问台湾。

欧洲之角、拉丁语系、热情好客、相对低廉的物价以及迷人的风光一起使西班牙成为全世界最有吸引力的国家之一。以1988年的外国游客人数为例，西班牙5400万，法国3600万，意大利2100万，超过千万的还有德国、英国、葡萄牙、奥地利和美国。其中一个有趣的现象是，由于西班牙语和法语、意大利语同属拉丁语系，一个意大利小伙子可以和一个西班牙姑娘自由交谈，即使他们没有学过对方的语言，我想这一定比英国人和美国人碰在一起更加可爱有趣。

在葡萄牙语和西班牙语之间、葡萄牙语和意大利语之间也有类似的情况。相比之下，法语和这三种语言距离稍远一点，但是也能相互听懂一些。这种情况在非洲和整个拉丁美洲也屡见不鲜，这些渐渐富裕起来的殖民地国家同时也为原来的主人源源不断地输送游客。这与我们中国正巧相反，诸多的南方方言文字是一样的，相互之间却很难交流。

但据世界旅游组织的最新统计资料，法国的外国游客人数已跃居世界第一，美、西、意三国次之，我想这与亚洲游客的剧增和他们对美国、巴黎的偏爱有关，也与西班牙埃达分裂主义组织的活跃密不可分，后者制造过多起恐怖事件，其骨干成员大多来自于巴斯克地区。而明天，我将独自乘火车沿着地中海滨前往法国的蔚蓝海岸。

11. 从巴塞罗那到尼斯

作者第一次踏上法兰西的土地。

　　我最终还是没有登上开往阿尔赫西那斯的火车，除了出于经济和签证方面的考虑以外，一个重要的原因是倘若我南下则归途势必经马德里直接去巴黎（我的签证时间非常有限），这样我就会错过法国南方的里维埃拉海岸和蒙特·卡罗。当然，如果西班牙对岸是埃及我也不会改变主意的。这个遗憾直到十年以后，我才得以弥补，那会我在马德里大学访学，伺机探访了安达卢西亚，并渡过直布罗陀海峡游览了摩洛哥。

　　火车沿着美丽的地中海滨行进，我又一次发现西方人喜欢玩填字游戏（那时被日本人发扬光大的数独尚未走出国门＊），其迷恋程度和中国人爱打扑克搓麻将一样。只不过中国人爱热闹，西方人更愿意独处。到达第一个法国小站佩皮尼昂时，我激动地跳下车来，在月台上瞪大了眼睛。虽然如今我已经以二十多种不同的方式进入过法国，但那毕竟是生平头一回。

　　刚刚上车的邻座得知以后，便开玩笑说，"那么我是你认识的第一个法国人喽"。"不，你是我在法国认识的第一个法国人。"我回答说。一连串迷人的海滨城市。先是塞特，法国诗人保尔·瓦莱里的出生地，著名的海滨墓园就在附近，那不仅是诗人的葬身之地，也成就了他的代表作，"多好的酬劳啊，经过了一番深思，／终得以放眼远眺神明的宁静。"

接着是阿尔和阿维尼翁。阿尔是荷兰画家凡·高后期定居和作画的地方，他在这里割掉自己的一只耳朵。阿维尼翁是一座古城，在18世纪末以前的五百年间，她一直是天主教教皇的所在地。与此同时，阿维尼翁也是毕加索第一幅立体主义作品《阿维尼翁少女》灵感的源泉。出乎我的意料，这两处现代主义绘画的圣地竟然挨得如此之近，大概只相隔几十千米的距离。

法国边境小镇——佩皮尼昂。作者摄

　　然后是马赛，和法国国歌《马赛曲》紧密相关，海港外面的蒙特克里斯托岛则是大仲马的小说《基度山恩仇记》故事的发生地，至于我亲自踏上了这座小岛，这是多年以后的事情。值得一提的是，《马赛曲》原名《莱茵战歌》，诞生于法国东北边陲城市斯特拉斯堡，欧洲最大的水上动脉——莱茵河流经此城。只因法国大革命时，五百名马赛志愿者高唱此曲步行向巴黎进发，鼓舞了沿途的民众而更名，并成为国歌。

　　还有戛纳，欧洲电影艺术的最高荣誉——一年一度的金棕榈奖在此颁发，近海的圣玛格莱特岛则囚禁过著名的铁面人。铁面人的故事在小说和电影中是不同的。在大仲马笔下，他是路易十四的孪生兄弟菲利普，被火枪手救出后坐上了王位，路易十四反而被关入巴士底狱。而在阿兰·德隆主演的影片中，菲利普刚出生就被送出王宫，当路易十四知道他还活着时，就派人将其囚禁在圣玛格莱特岛上。

　　最后到达尼斯，夏天、阳光、海滨、沙滩的同义语，这个世界上恐怕只有加利福尼亚的圣迭戈（那时我还没有到访里约热内卢）可以与之媲美，20世纪法国最出色的画家亨利·马蒂斯曾连续在此度过37个冬天，大概正是从这座城市滨海的民宅中提取出来的色彩，成就了他那被世人称之为"野兽派"的艺术。

---

* 1997年3月，一位前任香港高等法院的新西兰籍法官高乐德（Wayne Gould）在东京旅游时无意中发现了数独。他率先将其在《泰晤士报》上发表，很快便风靡了英国和全世界。

驶离卡泰隆尼亚

驶离卡泰隆尼亚
一颗蓝色的海星
明亮闪耀的地方

湿润的地中海风
把热那亚水手带走
已经五个多世纪

一位少女披阅
西尔维娅·普拉斯
她的头颅斜倚着

我就这样离去吗
像伟大的安东尼·高迪
不留下一个文字？

07/95，巴塞罗那－尼斯

12. 微型小国：摩纳哥

除了梵蒂冈，摩纳哥是全世界最小的国家了，面积不足两平方千米，呈长方形，南北最窄处只有两百米。摩纳哥位于法国境内，南临地中海，从尼斯乘火车 20 分钟就到了。我在车站附近找到一家青年旅社（youth hostel），70 法郎一晚，还包括一顿早餐。

摩纳哥的国家收入一半靠旅游业，风光十分迷人。我在海边兜了一圈，寄走几张明信片，便径直来到了城中之城——蒙特卡罗，打算再玩一次 21 点（Black Jack），以前我曾在拉斯韦加斯、大西洋城和美加之间的游船"新苏格兰"号上玩过多次，输赢各半。不幸被彬彬有礼的侍者挡在门外，原来这里要求赌客西装革履。我只得快快不快地告退，回到了凉风习习的海边。

繁星满天，倚山而建的高楼鳞次栉比，像是一个缩小了的香港。一年一度的蒙特卡罗汽车拉力赛在此举行，而同样以蒙特卡罗冠名的一级方程式赛车（F1）分站赛实际上是借用了法国的土地。虽然如此，在这段山路上丧命的最著名的人物却是摩纳哥王后、奥斯卡影后——

格蕾丝·凯利。

我对这位王后没有什么印象，倒是另一位奥斯卡影后琼·芳登主演的《蝴蝶梦》令我难忘，这部影片的故事就是从蒙特卡罗的公主饭店拉开序幕的。影片的男主角是大名鼎鼎的劳伦斯·奥立佛，这不仅是琼·芳登的成名作，也是英国悬念大师希区柯克为好莱坞拍摄的第一部作品。

我从背包里取出一幅地中海地图，发现对岸正好是科西嘉、撒丁

摩纳哥地图。

和阿尔及利亚。我想起一年前的那个五月，我在加利福尼亚州立大学访问时，曾以学者和诗人的双重身份作了一场有关东方的报告。我指着黑板上的世界地图对美国教授们说，如果日本列岛以九州为支点向右旋转120度，则整个世界文明将完全有别于今天。

我的理由是这样的，由于地中海是个内海，适宜于古代商船的航海，加上气候温和，这才产生了人类历史上第一个伟大的文明，即"古典的地中海"文明。后来这一文明（在克服了微寒的气候以后）又延伸到了所谓"北方的地中海"，即波罗的海、北海和拉什芒海峡（英吉利海峡）。再后来，随着航海技术的改进和飞行器的发明，（在上个世纪末这个世纪初）又进一步发展成为北大西洋文明。

而在东方，在中国海的右侧，在日本和中国台湾、菲律宾之间的洋面上，来自太平洋的巨浪和台风妨碍了古代商船的航行。直到20世纪下半叶，科学技术的发展特别是交通运输手段的日趋完善为太平洋文明的到来最终铺平了道路。我的报告赢得了听众热烈的掌声，此时此刻我徘徊在地中海北岸，似乎依然陶醉在那次演说成功的喜悦之中。

作者欧游路线图：❶巴塞罗那➔❷蒙特卡罗➔❸文蒂米利亚➔❹巴黎。

13. 早餐之前去了意大利

昨晚十二个人睡在一屋，今天一早就起来了。收好晾干了的衣服，忽然想要去意大利。还在启程之前，我就计划着去意大利旅行，罗马、米兰、威尼斯、佛罗伦萨、那波利、比萨、博洛尼亚、巴勒莫，多么诱人的一串地名啊。然而几天前，在意大利驻巴塞罗那领事馆，一位傲慢的中年女子告诉我，我必须要回到中国申请签证。

意大利的边界对印度人已经开放，对中国人仍然关闭。这多么不公平啊，六百多年前，马可·波罗就来到中国，受到了热情的款待。管它呢，我在蒙特卡罗乘上一辆早班火车，两袖清风向着意大利进发。火车穿过几个短促的隧道和小海湾。大约十五分钟以后，停靠在了文蒂米利亚，一座只有几万人的意大利小城。

稍后，一位穿制服的边防警察突然走了过来，他的腰间别着手枪。接下来的一幕令我终生难忘，记得他用意大利语问我身后的一名乘客，Italiano（意大利人）？Italiano！当他走过我身边时，用英语问道：Japanese（日本人）？这时候我感到无论怎样回答都不合适，情急之下我灵机一动，晃了晃手中的相机，他真的就这么过去了。Français（法国人）？ Français！……这种情景以往只有在反映第二次世界大战的欧洲电影中看到过。毫无疑问，日本人爱照相的习惯帮助了我，而他们是不需要签证的。

我走下了火车，看见站台上还有几个穿制服的警察在晃动。这里

近访意大利：杜伊诺城堡。作者摄

和法国没有什么两样，远处的山还是同一座（应该是阿尔卑斯的余脉），只是上车的乘客更少，播音员的声音听起来更加陌生。热那亚和都灵离此很近了，十分钟以后，我想起那顿免费的早餐，便爬上另一列西行的火车。

意大利短促的停留，让我获得了神妙的体验。除了几部讲述罗曼蒂克故事的电影以外，涌现在我脑海里的人物之一是尤利乌斯·恺撒。公元前68年，年届32岁的罗马青年尤利乌斯·恺撒依然一事无成，这位日后成为人类历史上最光辉灿烂的明星既未得到他一生第一个重要的职位——"西班牙大法官"，也没能够和庞培、克拉苏结成"三头同盟"。

而马其顿国王亚历山大大帝，在完成了"漫游"世界的伟业溘然去世时也不过32岁，想到这些，恺撒不禁失声痛哭。使他钦羡不已的是，公元前4世纪，亚历山大统率他的军队在七年的时间里不仅牢牢控制了波斯帝国，还横扫了已知世界的边缘地区，往北越过多瑙河流域占领了南俄罗斯，往东穿过里海到达帕米尔高原和塔里木盆地，甚至印度的旁遮普。

当恺撒的权力臻于鼎盛时，他已经是个秃头人了，青春的魅力和热情早已成为过去。作为一种补偿，年过半百的恺撒把许多时光消磨在埃及，整日里和克莉奥帕特拉女王饮宴游乐，以至于不顾元老们的反对把她带回了罗马。32岁，这正好是我那时的年龄，可我却只是把双脚踩到了意大利的土地上并以此为荣。

14. 从蒙特卡罗去往巴黎

　　早餐后，我退掉了青年旅店的房门钥匙。服务员小姐对我只住一天表示遗憾，昨天她因为我的年龄超出青年旅店规定的上限一岁，装模作样地打电话向有关部门请示批准。我的西欧七国（不包括摩纳哥，摩纳哥是没有边境的）签证只有十八天（这种不合情理的苛刻至今仍会出现在我的护照上了，最近的一次是德国签证），我得好好利用这段时间。随意爬上一列开往巴黎的特快火车，向西顺着昨天的路至马赛，再沿罗讷河北上。

　　到达瓦伦斯之后，火车突然加速，以每小时三百千米的速度行进，我的感觉比乘坐从名古屋到东京的新干线要良好，那时我绝没有预计到，十几年以后中国的土地上会遍布高铁。窗外一望无垠的平原，间或有几座高高的核电站烟囱，这里是欧洲最大的粮仓。车过里昂城郊时，我想起此地离开瑞士的日内瓦湖只有一百多千米了。到达第戎附近时下起了一阵大雨，可是由于车速太快，只听见雨声，看不见窗玻璃上的雨珠。

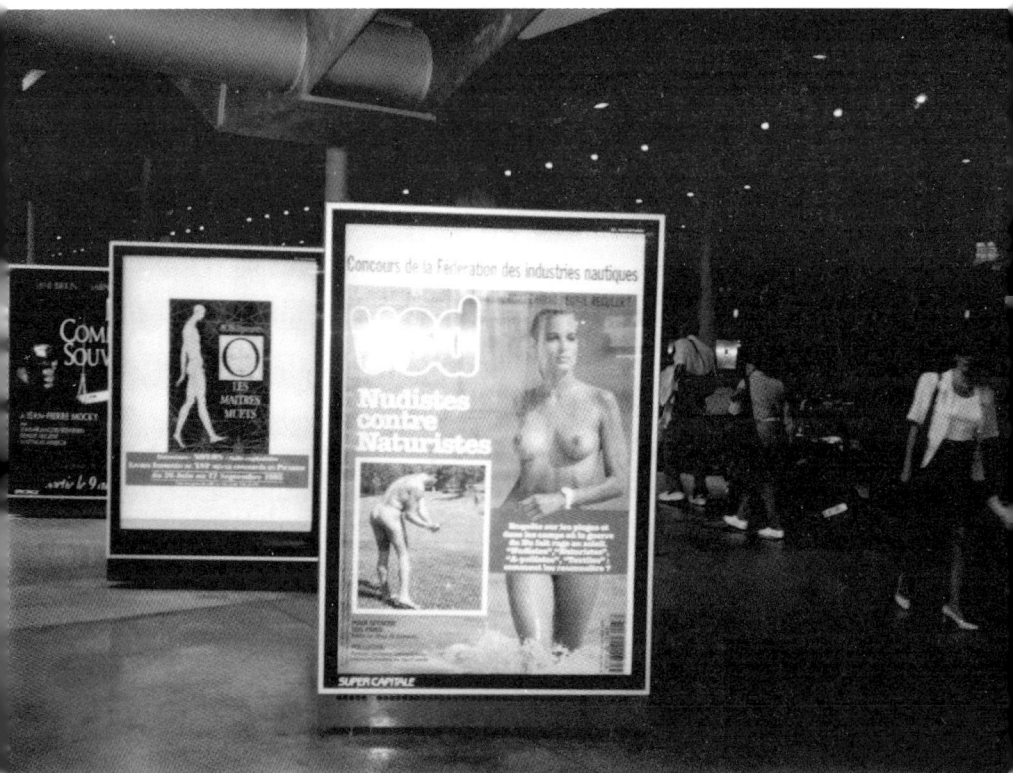

巴黎给我的第一印象：北站月台上的广告牌。作者摄

再往前，就是雨果、波德莱尔和普鲁斯特的巴黎，也是肖邦、德彪西和斯特拉文斯基的巴黎，是毕加索、马蒂斯和阿波利奈尔的巴黎，也是帕斯卡尔、笛卡尔和莱布尼兹的巴黎。是我们这一代人从少男少女时代起就梦萦魂绕的巴黎，也是父亲母亲们从来不曾向往过的巴黎。

下午五点，我正陷入沉思默想，里昂车站到了，这是巴黎六个客运车站之一，专门始发法国南方和瑞士、意大利方向的火车。我为没有好好体会进入巴黎的感觉而懊悔。记得我第一次（坐灰狗）到达纽约时兴奋异常，地貌的变化预示着一座世界性的大都会的临近。我的邻座，一名刚刚从土伦（法国最大的海军基地）度假回来的电器工程师，把我领到一座电话亭旁边，并借给我一张磁卡。

我给上海来的诗人宋琳拨电话，真是太巧了，他当天中午刚刚出院，十天前，他因为患阑尾炎开了刀。怪不得我在巴塞罗那时打电话总没人接。在来欧洲以前，我收到另一位从上海来巴黎念书的小说家南方的信，他于月初返回中国了。这样宋琳就是我在巴黎唯一的友人了，一个小时以后，巴黎四通八达的地铁已经把我带到他家的客厅了。

我和宋琳仅有的一次晤面是在1991年春天，黄浦江畔的海鸥饭店，几乎全上海的诗人都在场。我对他的好人缘此后才充分了解，我们在巴黎和杭州频频相见。坐下没多久，德国的张枣（不久以前他因为肺癌英年早逝）和即将抵达巴黎的北岛来电，我们通过宋琳互致问候。最后，宋琳的法国妻子丽莉外出归来，她几天前刚刚送他们的儿子到南太平洋的新喀里多尼亚岛，多年以前她的父母就移居那里，那是一片由英国人（库克船长）发现尔后归属法国人的土地。

15. 环法自行车赛抵终点

凌晨，一阵细微的凉风把我从睡梦中唤醒，带给我巴黎的第一首诗。我在宋琳家客厅的沙发上度过了巴黎的第一个夜晚，主人还没起床，我从书架上取下一册台湾出的繁体字版罗兰·巴特文集，在一篇谈论艾菲尔铁塔的随笔的开头，作者引用了莫泊桑的一句话，意思是说，艾菲尔铁塔在巴黎随处可见，只有站到塔上才看不见此塔。

"*塞纳河在米拉博桥下流淌 / 我们的爱情 / 我必须追忆吗 / 那痛苦之后常常是快乐*"，阿波利奈尔潺潺流水一样的诗句在我耳边响起。和宋琳共进早餐时我决定先去米拉博桥，再沿塞纳河步行至艾菲尔铁塔。"*阳光明媚，生命多么美好啊*"，切斯瓦夫·米沃什在《拆散的笔记本》里追忆了从波兰初到世界之都时的激动心情。

由于宋琳刚出院，我不忍多打搅他们，便通过艾菲尔铁塔下面一个收费的问询处找到一家青年旅店，我在巴黎的旅行生活由此正式拉开序幕。这座巴黎的最高建筑还有这样的便民措施令我意想不到，我想起当年它刚落成时，俄国大文豪托尔斯泰曾冷嘲热讽，似乎略显书

作者在环法自行车赛的终点。

生意气了。这座铁塔不仅是法国旅游业长盛不衰的见证，也使得它的设计者——艾菲尔成为历史上最知名的建筑师，而为铁塔设计电梯的美国奥蒂斯公司也得以扬名世界。

尽管如此，我仍接受了宋琳的建议，没有爬铁塔，我登临芝加哥西尔斯大厦和纽约世界贸易中心之巅的经历也帮助我作出这一选择。事实上，去年八月我在安大略湖边，就与地球上的最高建筑——多伦多电视塔擦肩而过。但是，香榭丽舍大街对我来说却另有一番吸引力，我想亲眼看看几年以前那位勇敢的法国青年驾机穿越的凯旋门究竟有多宽。

下午三点，我乘地铁来到夏尔·戴高乐广场，只见香榭丽舍大街上人山人海，一年一度的环法自行车赛（Tour de France，原意是法国之旅）即将到达终点——凯旋门！三百六十五分之一的可能性让我碰着了，我从未见过中国以外的大街上有那么多的游人，麦当劳快餐店里人头攒动，路旁的悬铃木（和中国的法国梧桐大不一样）上爬满了看热闹的少年，使我忆起一首放弃了的诗的标题《树上的男孩》。

广告车一辆接一辆，少女和鲜花，游人和警察，让我想起每年元旦洛杉矶帕萨迪纳的玫瑰花车游行。临街的位子早已被人占据，我原来打算从凯旋门走到协和广场，谁知三站远的路非常漫长。天气炎热，许多游人脱光了上衣。看看路旁的大屏幕电视，冠军又遥遥无期，那时候传奇人物阿姆斯特朗尚且默默无闻，已经蝉联四次冠军的西班牙车手米格尔·安度兰仍然是夺标的热门人物。突然之间，我钻入了地铁。

16. 蓬皮杜中心和北岛

　　一刻钟以后，我从塞纳河的水底穿过，当我走出地面，看到一座建筑物，有几截像肚肠一样盘旋的楼梯裸露在外面，这就是闻名于世的蓬皮杜艺术中心。康斯坦丁·布朗库西的雕塑正在这里展出，他那件金黄色的鹅蛋一样横放的女子头像非常惹人喜爱，也出现在展览会的招贴画上。

　　1904 年，这位罗马尼亚的山里人几乎是靠步行来到巴黎，他对以罗丹为首的那种缺乏活力和自我约束力的法国雕塑家有着自己的看法。（我个人一直对罗丹的地位持怀疑态度）还有莫迪里阿尼，这位天才的意大利画家的作品深受布朗库西的影响，他于 1911 年与 22 岁的俄罗斯女诗人安娜·阿赫玛托娃在巴黎相遇，两人双双坠入情网，而她一年前才刚刚与另一位俄罗斯诗人尼古拉·古米廖夫成婚。

　　我被广场上自由散漫的气氛感染，用一分钱的中国纸币从一个突尼斯老头那儿换来一杯冰水，用一把折叠的张小泉剪刀和一个法国小伙子交换了一瓶百事可乐，用一件印有汉字的 T 恤说动一位叙利亚留

与北岛父女、柯雷夫妇在米歇尔广场露天酒吧。作者摄

学生为我画了一幅漫画。这是我在巴黎初期的经商故事，若干年以后，我在大马士革参加一位画家朋友的生日晚会，突然想起了这件旧事。

北岛那时正陪同双亲和女儿在法国度假，那天他们从郊外返回巴黎。荷兰的汉学家柯雷博士和女友刚好从莱顿（伦勃朗的出生地）去法国南方度假路过。下午五点，我在蓬皮杜艺术中心和北岛通话，他约我九点以前到他寄居的寓所。只是由于意外的因素（那位叙利亚青年画得太慢），我迟到了半个小时。推开房门，我见到的是一张照片上熟悉的面孔，他仍然显得冷峻的目光似乎已不再像从前那样犀利。

或许，频频迁移的域外生活使他感到了有些疲惫，与我所认识的大多数北京诗人不同，北岛兼有南方人和北方人的气质。我送给北岛一册《阿波利奈尔》杂志，柯雷博士则带给我小小的意外（我们此前曾通过几封信，如今他成了莱顿大学的汉学系主任），他刚刚推光了头，在场的还有法国汉学家尚德兰女士和北岛活泼可爱的女儿田田。随后我们乘车到达圣米歇尔广场上的欧洲饭店，找到附近一家露天酒吧坐了下来。

圣米歇尔广场，巴黎的中心，1957 年春天一个阴雨绵绵的日子，28 岁的加西亚·马尔克斯在此遇见了 58 岁的欧内斯特·海明威，他正大步朝卢森堡公园的方向走去。马尔克斯脱口喊道：“大师！”，海明威转过身来用西班牙语回答：Adiós! amigo（再见！朋友）。这是他们唯一的一次见面。

北岛要了杯容量约 1.5 升的啤酒（10 岁的田田只尝了一口就有点微醉）。“我正在锻炼”，北岛亮出了肌肉。那年他 46 岁了。北岛感叹我的年轻，其实理光了头的柯雷比我还小一个月。在回旅馆的路上，我想起了北岛冷酷的诗句：“而夜里发生的故事 / 就让它在夜里结束吧”。没想到的是，以后的 10 年我们还会在巴黎和杭州多次见面。

17. 圣母院与双曲螺线

我住的旅馆位于夏尔·波德莱尔街。巴黎是世界艺术之都，是现代主义艺术的摇篮和圣地，以作家和艺术家命名的街道很多，著名的有维克多·雨果大道、笛卡儿大街、伏尔泰街、帕斯卡尔街、爱密尔·左拉街和莫扎特街等等，至于纪念馆就多了，可是出现在我的导游手册上的仅有四家，即巴尔扎克、雨果、罗丹和毕加索。德拉克洛瓦的头像出现在面值 100 法郎的纸币上。另外还有诸如瓦雷里中学、克洛岱尔中学，等等。

波德莱尔街的一侧是街区的儿童乐园，另一侧是住宅，底层是一些小商店，我试图寻找这里与《恶之花》和《巴黎的忧郁》作者的一点联系，但没有成功。倒是瓦尔特·本雅明在《发达资本主义时代的抒情诗人》书中的一节《波德莱尔与巴黎街道》里为我们指出："百货商店利用游手好闲者销售货物，百货商店是对游手好闲者最后的打击。"

巴黎的交通真是方便，从波德莱尔街到圣母院只需十分钟。圣母院因维克多·雨果闻名于世，维克多·雨果也因圣母院而在众多的巴黎

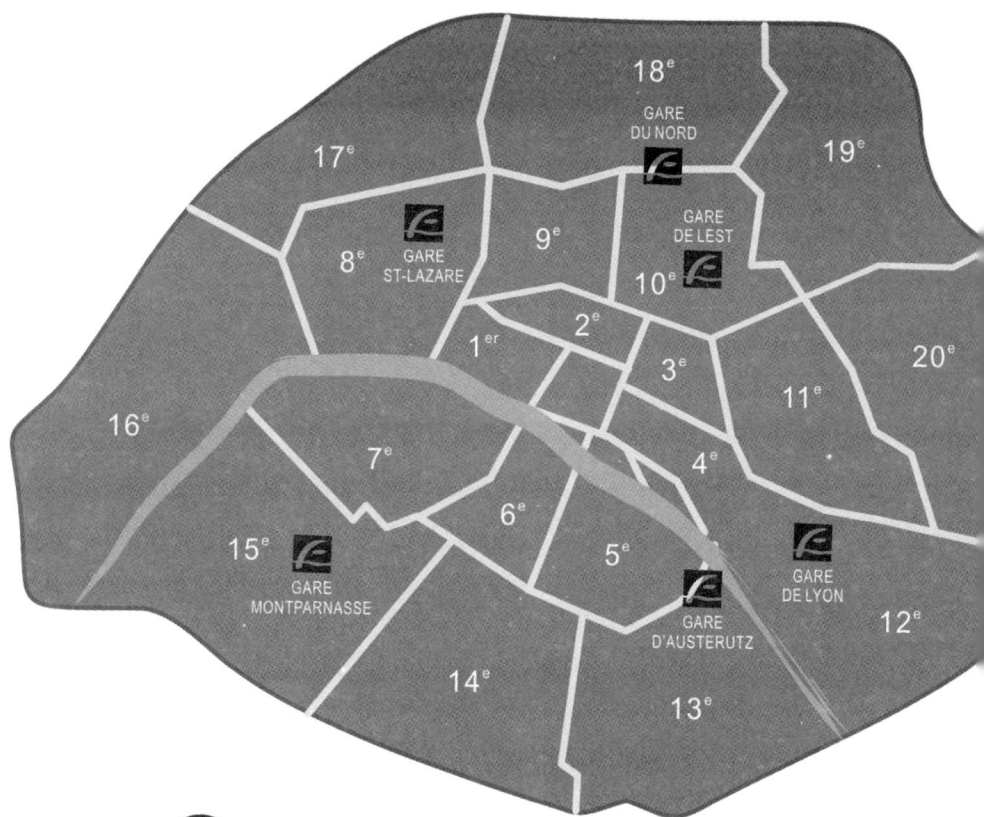

以双曲螺线为序排列的巴黎分区图。

文人中独领风骚。虽然如此，他却难以与莎士比亚、但丁、歌德、塞万提斯在各自国家和语种里的地位匹敌。毫无疑问，莎士比亚和牛顿是英国历史上最伟大的两个人，类似的评选在法国却很难进行。

可是，法国人完全不必为此感到难为情，因为他们以其独到的无法模仿的风格向全人类贡献出了巴黎，这是意志坚毅、精明强干、富于思辨的德国人无法做到的。正如法国旅行社的广告词中所说的，"巴黎——至少她是全世界最美丽的城市。"圣母院位于塞纳河的小岛 cité（意为城市）之上，这里是巴黎的发祥地，加上与之相邻的圣路易岛，共有十四座桥和两岸联接（不知是否与路易十四有关）。

cité 地处巴黎市中心，是游人和街头艺术家汇聚的地方。最初的也是最美丽的。圣母院的钟声听起来像是巴黎的心脏在跳动。我翻开一幅巴黎地图，市内二十个区不仅用阿拉伯数字直接命名，其位置也完全依照平面几何学里著名的双曲螺线分布。这种曲线我在大学一年级时就学到了，它的极坐标方程是 $r\theta = a$。后来我还注意到，这条由古希腊数学家发明的曲线在 2004 年雅典奥运会闭幕式团体操表演中大放异彩。

如此一来，人们就不难理解，为何巴黎有一百多处街道、广场和车站以数学家的名字命名。我曾经在一本数学家的传记里读到，有人在巴黎问当地人：为什么贵国历史上出了那么多伟大的数学家呢？答曰：我们最优秀的人学数学。歌德在谈到法国人的个性时也曾戏言说："法国人就像数学家一样，无论你说什么，他们都能把它翻译成自己的语言，并且立刻成为全新的东西。"

18. 毕加索与街头画家

巴士底狱早已进入我们的中学历史教科书，因此在中国几乎是家喻户晓的。但是法国人似乎已把它忘却了，Bastile 这个字首先让他们联想到的是巴士底广场，这里是地铁的一个交叉点，著名的巴黎歌剧院就坐落在此，它的另一头是一条通向塞纳河的小河，岸上有一段供人晒日光浴的堤岸，尽管西方人不大爱看热闹，但仍有许多匆匆而过的路人停下脚步来瞧一瞧裸露着上身的男女。

事实上，来这儿的人大都是单身游客，间或会有相邻的异性坐起来面对面谈天，他们目光坦然，神态自若，不一会儿就拍拍屁股各走各的路。相比之下，卢森堡公园是情侣和一家人休息的好场所，绿荫溶溶的，到处都是有靠背的长椅。有点像纽约的中央公园，只是规模上略小了点。远离大海或许是巴黎最大的缺憾，几年以后，巴黎市政府想出一个妙计，把真沙子运来，铺设在塞纳河两岸，让没钱没空间的人也能享受海边度假的滋味。

都说巴黎女人漂亮，但是走在大街上，你无法区分谁是巴黎人，

毕加索 24 岁自画像，这一年他离开巴塞罗那抵达巴黎。

因为游客实在太多了。倒是在巴塞罗那时，Juin 认为西班牙女子更好看。我没有比较分析，也就没有发言权，但我想我能分辨出西班牙人，典型的西班牙男人都有点像毕加索那样矮小、结实，而女子则白净、苗条，可不像网球明星桑切斯。更容易辨认的是美国人，无论男女老幼都是皮肤红润，富有朝气。

美国人喜欢运动，大多数人都属于某一健身俱乐部的成员，一些棒球、橄榄球和篮球明星被视为国家英雄。由于两百年来他们的国土上没有发生过战争，美国人看上去多少都有点像我们所说的"四肢发达，头脑简单"。我的这个观点连我的几位美国朋友都接受了，或许，这是发达社会的一个先决条件。

我从街头的一位兜售者那里购买了一套风景明信片，封面上印着巴黎的五处名胜，其中四个大名鼎鼎：艾菲尔铁塔、凯旋门、圣母院和卢浮尔宫，只有圣心大教堂（又名白教堂）我却从来没有听说过。今天我来参观只是因为圣心位于蒙马尔特山上，我意外地发现在教堂的后面聚集着巴黎最多的街头画家，至少有两百多个人在那里摆摊画画，他们有自知之明，不认为自己是艺术家。

我和一位上海来的中年人聊了起来，他来巴黎快八年了，居然还没赚到足够的钱把家人接出来。巴黎的物价实在贵了些，房租几乎和东京不相上下。下得山来，我来到了蒙马尔特，这个 70 年前云集了全世界几乎所有最优秀的艺术家的街区看起来与别处并无两样，只是在卖纪念品的小店里你才能找到一些怀旧的东西，一张半个巴掌大的兰波头像索价 12 法郎，一片印着马蒂斯画作的发夹要价 30 法郎。

19. 东方孤身的旅行者

　　无论走到那里，西方游客总是孤身一人或两人结伴，很少有三五成群的，这一点并不令我感到奇怪，奇怪的是两人同行者中绝少有成双成对的，他（她）们当然不全是同性恋，同性恋少有结伴出游的雅兴。以我所知道的诗人为例，大概只有奥登和毕晓普喜欢与同性伴侣出游。因此，我只能猜测那样有利于旅途中艳遇的发生。

　　与此同时，日本人和韩国人也渐渐加入到旅游世界的行列中来，这已经使得西方人在任何地方见到东方人都习以为常，不过日本人和韩国人（还有中国台湾人）仍然处于成群结队出游的阶段（他们更愿意让旅行社来安排）。至于香港人，由于他们受西方文化影响深一些，也不乏成双成对的蜜月旅行者。只是他们的人口实在太少，不容易引起注意。

　　另一方面，对大多数西方人来说，泰国已取代埃及和印度成为东方最有吸引力的国家之一。还有印度尼西亚的巴厘岛，也已频频出现在巴黎一些大旅行社的窗厨里。至于目前到中国来的游客，在很大程度上是他们觉得中国是应该去的地方。无论如何，我相信中国会成为21世纪世界性的旅游目的地。

绝大多时候，我是来自东方唯一的孤身旅行者。例外并非没有，两年前的春天，我乘火车从洛杉矶去往芝加哥，途中在亚里桑那的科罗拉多大峡谷与一位日本来的大学生不期而遇并结为旅伴，他的父亲是一名日本驻美国的外交官，他到美国是探亲兼旅行。我为他的容貌、气质所吸引，他肤色黝黑却眉清目秀，与我后来在新宿和银座见到的成千上万的日本人大不一样。

这个大学生告诉我，现在日本的年轻人总觉得自己在一生中至少应该离开日本一次，去呼吸一下外部世界的新鲜空气。那时我相信，再过20年，中国的年轻人一定会像现在的日本人和韩国人一样出国旅游。到那时，就会有不少来自东方的孤身旅行者。没想到的是，仅仅过去了不到10年，这种情况就已经大大地改变了。可以说，如今在世界任何一处有吸引力的地方，都可以见到独自旅行的日本人或韩国人。

卡巴莱（Cabaret）曾经是巴黎最吸引游客的场所之一，如今只剩两家，即香榭丽舍大街上的丽都（Lido de Paris）和布兰奇广场上的红磨坊（Bal du Moulin Rouge），它把马戏团搬到舞台上表演，再加上一些半裸的镜头。我被昂贵的门票吓退，每位要500法郎，晚餐再加250。不过，它仍是东方尤其是中国游客喜欢光顾的地方。我在红磨坊的标志——一辆硕大的风车前伫立良久，我在想着它与雷诺阿的名画《红磨坊的舞蹈》有无关联。

巴黎的红磨坊。作者摄

20. 圣米歇尔车站爆炸

到达巴黎的第四天下午,我乘地铁来到卢浮宫,月台与售票大厅连通。过了三点门票即半价,我在迈入展览厅前第三次受到便衣警察的搜查,不禁"大为恼火",拒绝了他们,我来到售票处要求退票。其实真正的原因是我已经得知蒙娜·丽莎五点钟"下班了"。当电梯升至卢浮宫广场,只见排队的人流长达一里多,这些人一定是沿塞纳河走来的。

一阵凉风吹过,我想起阿波利奈尔因涉嫌《蒙娜丽莎》被盗案而被捕入狱,心里感觉就舒坦多了。路过爱丽舍宫,只见警卫森严壁垒,直到晚上十点多我又一次来到宋琳家,方才得知昨天巴黎发生了震惊世界的圣米歇尔地铁车站爆炸,死伤数十人。或许,这是恐怖分子活跃期到来的先兆。北岛打来电话,他乘坐的地铁恰好在爆炸前十分钟经过圣米歇尔车站。

本来,我这次出门旅行运气不算太差,年初欧共体七国宣布取消边界,这对持中国护照的人来说实在是件大好事,否则我可能来不了

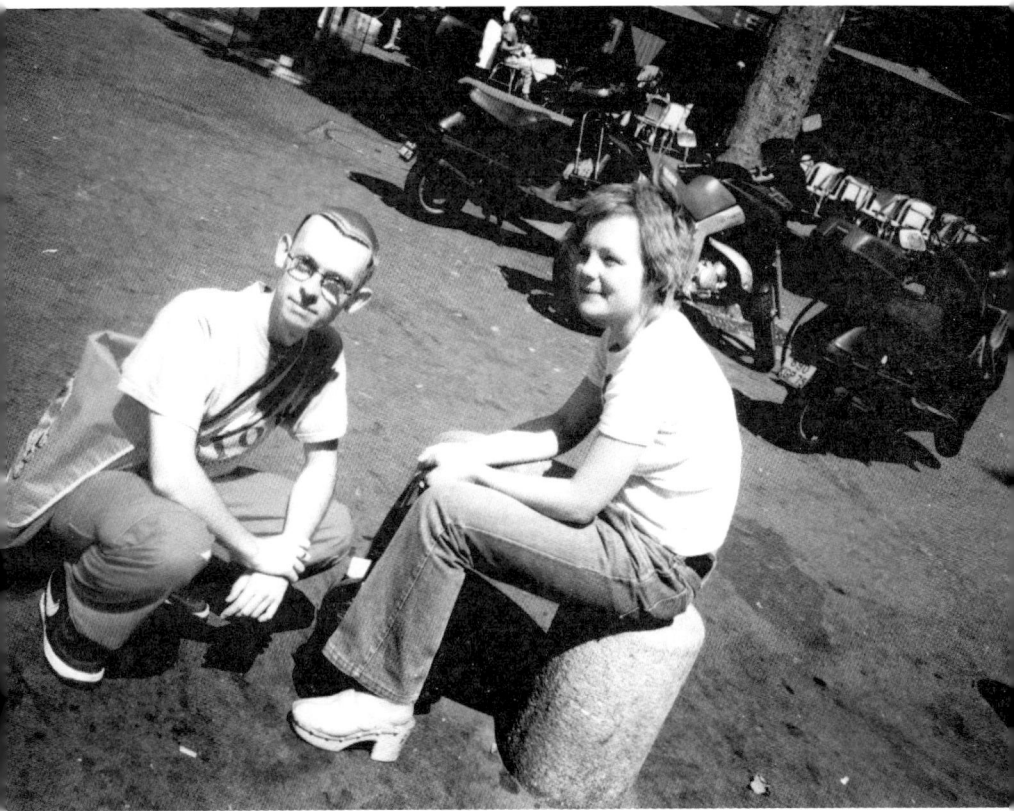

巴黎街头的朋克。作者摄

巴黎。记得一年前我在加拿大驻洛杉矶领事馆申请签证，看到工作人员贴出一张告示，大意是说，从今天起韩国人一律免签证，心情非常激动。可是，不仅巴黎有恐怖分子，莫斯科的局势也相当不妙，巴黎东站的工作人员告诉我，从巴黎开往莫斯科的东方快车已经停开。

说到东方快车，我想起的不是描述比利时大侦探波洛的电影《东方快车谋杀案》，而是波兰大导演罗曼·波兰斯基在他的自传里写到的当年他试图逃往西方的种种方案，一是从陆路徒步穿越捷克－奥地利边境，二是游过一条河到西德，三是从波罗的海划船去丹麦的博恩霍尔姆岛，四是搭乘从莫斯科开往巴黎的东方火车。最后——失败了，波兰斯基的同胞、著名导演瓦伊达却看中了他，让他在自己的一部影片中扮演一个小角色，从此步入了影坛。

不能乘火车去莫斯科，我便订了俄罗斯航空公司的班机，八月初从巴黎飞莫斯科，再从那里飞上海，共2300法郎，这大大出乎我的意料，我知道，不可能有更便宜的票价了。还有六天的时间，我计划一次短暂的旅行，即：巴黎－布鲁塞尔－阿姆斯特丹－波恩－卢森堡－巴黎，其线路近似于一个半圆，巴黎和阿姆斯特丹是这个半圆直径上的两个端点，布鲁塞尔靠近圆心，而波恩和卢森堡则处在圆弧上。

这五座城市中，相邻两站之间的距离都在两至三个小时，因此旅途比较轻松愉快，且每一座城市都极具特色。我为这个计划所陶醉，几乎一夜未眠。今天早上赶到巴黎北站，一小时一趟发往布鲁塞尔的火车刚刚开走一列，而从伦敦方向开来的快车正好到达，它适才穿越了英吉利海峡。

21. 巴黎的流动银行

　　对我来说，英吉利海峡是个有意味的地名。可是无论如何，我这次是去不了伦敦和罗马了，对此我并不觉得遗憾，我不能太奢侈了，一个夏天就把欧洲的三座名城走遍。这方面我已经有深刻的教训，一年前的夏天在北美，我游历了美国和加拿大的所有名城，以至于我最后不得不提前结束访问。然而，正当我准备在银行兑换一些外币时，却突然改变主意，决定留在巴黎了。

　　事情的经过是这样的，当我走进托马斯·库克银行，准备兑换供旅行用的外币，却发现那里外币兑换的差价很不合理，服务费也特别贵，对于我这个第三世界的游客来说，吃亏不起。我灵机一动，第一次做起了金融买卖，我的程序很简单，每一个聪明一点的中国人都会想到的。我的数学才能帮助了我，但我没想到我是那么适合于做一个推销员，以至于在巴黎我完全能养活自己。

　　一位满脸笑容的德国人称我是"流动的银行"（moving bank）。北岛表现出些微的好奇（他已经比较富有了），宋琳则一度对此十分感兴趣。通过这项活动，我还进一步了解到了西方各国的民族个性，并对美元和日元以外的世界主要货币有所认识，它们之间的兑换率，以及纸币上的一些人物。

例如，每一张英镑上都印着女皇——伊丽莎白二世，法郎上有德拉克洛瓦、居里夫人和笛卡尔等，数学家高斯、女诗人德罗斯特－许尔斯霍夫、建筑师纽曼、钢琴家克拉拉·舒曼和细胞学家恩利克则分别出现在十至二百的德国马克上。那位丰姿绰约的女诗人我以前从没听说，她和美国女诗人迪金森一样，几乎毕生都过着与世隔绝的生活，

巴黎北站的托马斯·库克银行。作者摄

其作品反映了精神生活内在的纷乱和怀疑，以及故乡阴郁的荒原和沼泽地。

　　巴黎一共有六个火车站，除了北站、东站和里昂车站以外，还有蒙巴那斯、圣拉扎尔和奥斯特里茨，它们分别始发去往不同方向的列车。根据我的精心观察和判断，巴黎北站拥有最大的客流量。值得一提的是，四年以后我重访巴黎，却发现北站的托马斯·库克银行已面目全非，只剩下一个小亭子坐落在候车大厅中央。

　　说起巴黎北站，我还知道一则文学典故，1872 年 7 月的一天，28 岁的魏尔伦和 18 岁的兰波从这里出发，开始了对邻国比利时的漫游。此前一个多小时，魏尔伦上街给患病的妻子买药，不幸遇见了兰波。兰波没费多少口舌就说服魏尔伦弃家出走，他的妻子后来徒然地满巴黎找了他三天。但两位象征主义大诗人的结伴旅行并不总是令人愉快，兰波次年完成的长诗《在地狱的一季》就说明了这一点。

　　19 岁，正是被魏尔伦誉为"最了不起的少年"的兰波结束诗歌生命的那一年，人们相信其中必有某种奥妙。这段交游在一个世纪以后多次被拍摄成电影，捷克诗人赛菲尔特晚年在回忆录《世界美如斯》里也向我们讲述了这个故事，他的同胞作家米兰·昆德拉更是以兰波的名言"生活在别处"为标题写出了一部闻名遐迩的小说。而对我来说，幸运的事发生在后头，我最近一次法国之行正是为了参加兰波诗歌节，那是在诗人的故乡沙勒维尔，我的三行诗句被写在一家书店的玻璃窗橱上。

22. 最后一班地铁

　　几乎每天晚上十点半左右，我从塞纳河边的某个地方出发，乘地铁来到 Les Halles 车站，在宋琳家稍息并聊上一个小时。通常他会预先泡好一壶福建茶，我们每次谈得很融洽，都是些比较严肃的话题，例如诗歌什么的。有时，我觉得饿了，就在他家烧上一碗方便面，也是从中国带来的，说实话，我从来没感觉方便面有这么好吃过。十二点一过，我便起身告辞。

　　我住的地方虽然离宋琳家不远，却需要换一次地铁，巴黎最后一班地铁通常是在十二点半，周末推迟到一点。我非常幸运，每次都赶上末班车。（有一回我的两位瑞典室友误了点，当他们步行回到旅馆时，已经深夜三点多了。）这时候也是地铁的高峰期，据说逃票率比平时高出四五倍，超过了半数。

　　这一点毫不稀奇，巴黎自由散漫的气氛很容易让人学着这么做，即使是不逃票的中年妇女，也会乐于帮助素不相识的青年人通过无人检票的入口处的，而附近售票处工作人员一般睁一只眼闭一只眼。在我看来，这正是巴黎吸引游客的一招，由于人类固有的恶俗心态，他们在机票、食宿和购物方面破费以后，从夜晚的酒吧醉饮一番归来，为讨得一点小便宜兴高采烈。

我常常回忆起 20 世纪八十年代初那部由弗朗索瓦·特吕弗执导、大鼻子德帕迪尔和德纳芙主演的电影《最后一班地铁》(*Le Dernier métro*)，故事讲的是二战期间德军占领下的巴黎，由于实行宵禁，去剧院消磨时光的人们必须乘坐最后一班地铁回家。战争是容易让人疯狂的，也让感情变得粗糙，急急忙忙中有人爱上了她不爱的人，也有人爱不了她爱的人。

当我初到巴塞罗那，兰伯特街上的露天咖啡座着实让我迷恋，那种悠然自得、无拘无束、喧哗而宁静的氛围是多么令人陶醉啊。直到我来到巴黎，才发现这儿才是咖啡馆的天堂，真是街头巷尾遍地都是。巴黎人几乎每天都要在咖啡馆里泡上几个小时。特别是在夏天，巴黎的纬度接近 50 度，晚上十一点钟还远远算不上入夜。

当然，咖啡并不是咖啡座的唯一饮品，啤酒和水才是巴黎人的宠物。出乎我的意料，巴黎的水贵于啤酒，尤其是在饭店里面，一瓶普通的矿泉水卖到了 15 法郎，相当于两瓶啤酒的价钱。巴黎人酷爱户外，饭店外面的露天座位往往比室内的更难寻觅。只是看得多了，也会使人产生别的想法。

半个世纪以前，墨西哥诗人帕斯在和美国前辈弗罗斯特谈及自己的同胞时曾经感叹，"每天下午你都看见他们完全静止，在路边或在进城的入口处"。这种情景至今依然可见，对此我也记忆犹新。只是，那些路边无所事事的墨西哥人与露天咖啡座上侃侃而谈的巴黎人难道没有相似之处吗？反正我把他们联想在了一块。

作者在夏尔·波德莱尔街。

23. 诗人与外交家

17 世纪的弗兰德斯画家鲁本斯曾作为一名"业余的大使"穿梭于英国、法国和西班牙之间，这不仅使他可以更自由地学习文艺复兴的精神，无拘无束地描绘异国的风情，同时也为他物质上提供了极大的方便。他为世人留下了许多艺术史上的杰作，在出使西班牙期间，他还发现了年轻的委拉斯凯兹的才华。

在 20 世纪一些欧洲和拉美国家，也有许多诗人担任外交官，例如法国诗人圣琼·佩斯担任外交官长达十六年，到过的国家包括中国；希腊诗人塞菲里斯则曾是十多个国家的外交官，并担任过五年的驻英大使；智利诗人米斯特拉尔和聂鲁达也曾在三大洲做过领事，聂鲁达还被任命为驻法大使；波兰诗人米沃什在定居伯克利以前，也曾担任驻法国和美国的文化参赞；墨西哥诗人帕斯则经历了近三十年的外交生涯，直到他主动辞去驻印度大使职务。

以上六位诗人先后荣获了诺贝尔文学奖，毫无疑问，外交官身份为他们的写作、旅行、交游特别是作品的传播提供了最适宜的条件。

有意思的是，他们都曾或长或短地在巴黎立足 。对一个诗人来说，还有什么工作比外交官更为诱人呢？说起聂鲁达，他的西班牙文名字帕巴罗（Pablo）其实就是英文、法文或德文里的保尔（Paul）。

在孩提时代，保尔这个外国名字对我就已如雷贯耳了。因为苏联小说《钢铁是怎样炼成的》里的主人公柯察金的名字就叫保尔。这部在中国可谓家喻户晓的意识形态小说并非出自大文豪之手，作者尼古拉·奥斯特洛夫斯基当时已经双目失明、全身瘫痪，通过他对自己生活的口述，由与他一样普通的亲朋好友笔录而成，因此可以说是"讲述老百姓自己的故事"。

而在我开始写诗以后，我才逐渐认识到，世界上还有那么多名叫保尔的艺术家，仅以 20 世纪在世界范围有着重要影响的大师为例，法国诗人魏尔伦、克洛岱尔、瓦雷里和艾吕雅，画家塞尚、高更和西涅克，作曲家杜卡；西班牙画家毕加索，小提琴家萨拉萨蒂和大提琴家卡萨尔斯；德国作曲家兴德米特，瑞士画家克利，比利时画家德尔沃，等等。

因此，当我两年前初到加利福尼亚，发现美国人叫不来我的名字甚或姓氏 Cai 时，不假思索地取了 Paul 这个英文名字。后来我又被告知作为基督教中仅次于耶稣的第二号人物，保尔（或译作保罗）常被西方人用来为长子命名。因此，在后来的几次西方之旅中，我弃用了这个名字，而改用托马斯，最后干脆啥都不用，而称自己为"茶"（Chai）或"揩"（Kai）。

24. 卢浮宫与阿波利奈尔

在巴黎度过一周以后，我终于再次前往卢浮宫。20法郎的门票算不了什么（每逢星期四甚至免票入场），比香榭丽舍大街两侧饭店里的一小瓶矿泉水还要便宜。对能够到巴黎来的中国人来说，卢浮尔宫无疑是必经之地，这座全世界参观人数最多的博物馆每天都吸引着数以万计的游客。

如果是在两年前，我可能会仔仔细细地花上两天的时间，我参观小小的洛杉矶县立艺术馆和亨廷顿图书馆就各用了整整一天的时间，因为那是我第一次瞻仰大师的原作。后来我来到大名鼎鼎的华盛顿国立艺术馆和纽约大都会艺术博物馆，反而只逗留了半天。到了现在，和其他游人一样，卢浮宫对我的吸引力主要来自达·芬奇的《蒙娜丽莎》和《米洛的维纳斯》，宫内廊柱上的指示箭头也说明了这一点。

换句话说，卢浮宫今天的声望主要基于希腊人和意大利人的杰作。虽然在手册的封面上同时还印着雷诺阿的《舞女》，但这只是爱国主义的一点点表现。同时也说明了在现代主义完全占统治地位的今天，古

巴黎的一个下午：卢浮宫。

巴黎的一个下午：在阿波利奈尔铜像前。

典艺术仍然具有至高无上的魅力，我相信 20 世纪众多大师的作品中还找不出一幅可以与《蒙娜丽莎》或《维纳斯》媲美（我指的是公众吸引力）。

我在卢浮宫只待了一个小时，却在阿波利奈尔铜像前停留了三个小时。一方面是因为卢浮宫里的游人太多，另一方面，也似乎是为了诗人当年因为卢浮宫的一起失窃案莫名其妙地被捕鸣不平。经过宋琳的指点，我很容易地在圣日耳曼教堂的后花园里找到了毕加索塑造的那尊著名的半身青铜像，圆圆的脸庞，撅嘴唇、高鼻梁和两只大眼睛栩栩如生，如果作者不是诗人生前的好友是刻画不出来的。

虽然在巴黎的几乎所有现代主义大师都为诗人画过像，但我最喜欢毕加索的这件作品。正如英国批评家西利尔·康诺利所写的，阿波利奈尔是诗人、小说家、演出经纪人、美食品尝家、藏书家、立体派绘画的解释人、超现实主义的施洗礼人和色情文学的支持者。我不仅喜欢他的诗歌、他的风格，还有他的名字：Apollinaire，阿波利奈尔，听觉和视觉效果都相当不错。

阿波利奈尔生前的重要地位应归功于他的艺术批评活动，但他死后持久的声誉主要基于他的诗作。我在一张长凳上坐下，我的邻座，一位来自多伦多的摄影师，也是阿波利奈尔的热爱者，他不仅用法文为我朗诵《米拉波桥》，还告诉我诗人的名字吉约姆在英文里的意思就是威廉。威廉，这不是莎士比亚的名字？阿波利奈尔出生在罗马，母亲是波兰人，父亲是意大利军官，又一位卓越的外乡人。

25. 嘴唇是智慧的触角

达·芬奇有一句至理名言，"眼睛是心灵的窗户"，而我想补充一句，"嘴唇是智慧的触角"。这也正是古典主义和现代主义的区别所在。如果遮住蒙娜·丽莎的上半张脸，我们会发现，这是一个非常普通的女子。事实上，古典美主要体现在心灵的明澈，而现代美需要有内在的聪慧和外表的性感，嘴唇正好处于这两个部分的结合点上。

当我们想要表达自己的思想时，上唇和下唇便开始接触，并陷入沉思。我们在毕加索的《女人之花》、《镜前的少女》等作品里都能看到这一点。在日常生活里，这方面的例子也随处可见。而表达对于智慧非常重要，路易斯·布努艾尔说过："没有记忆的生活不算生活，正如没有表达力的智慧不能称之为智慧一样。"

让我疑惑不解的是，法国现象学家梅洛－庞蒂在《作为表达和说话的身体》一文里曾经谈到，在日本的传统习俗里并不使用接吻。不言而喻，人类肢体的语言和表情非常值得研究，记得很多年前的一个夏天，我和故乡的一位小说家朋友聊天时也曾经说起：身体不匀称的人其

协和广场上的艺人表演。作者摄

头脑必迟钝。这同时引出我的另一个命题：美丽的谎言也会成为真理。

至少在法国人看来，法语是全世界最动听的语言。同样，法国的喜剧也是全世界最有名的，莫里哀至少是阿里斯托芬之后最伟大的喜剧作家。据说法国人丰富的面部表情和由此产生的幽默感主要来源于他们的语言和说话方式。法国人说话时嘴唇不得不朝外鼓，因为法语的圆唇音（9个）比其他语言多（英语2个、德语5个）。

不仅如此，法语发圆唇音时拱成圆形的幅度也特别大，尤其在连贯发音时，辅音用得比英语少，发辅音的舌位也比英语靠前。雅克·希拉克演讲时，听起来像是在唱歌。但是，野兽派绘画领袖马蒂斯看上去却更像一位表情严肃的学者，并因此让那些前去采撷花边新闻的娱记门大失所望。马蒂斯的名作《舞蹈》取自他记忆中的一种叫沙达那（sardana）的卡泰隆尼亚舞，极有可能是我在巴塞罗那那次酒会上所见到的。

此外还有，比马蒂斯早七年出生的印象派音乐大师克劳德·德彪西，这两位最富创新精神的艺术家是我在巴黎错过的一对双子星座，我没有发现任何有关两位大师的踪迹。我知道这是我的失误，同时也说明了法国人心目中的艺术家是没有国籍和种族之分的，在他们眼里，《蒙娜丽莎》、《维纳斯》和毕加索都是法兰西的骄傲。

26. 从笛卡尔到庞德

只是为了弄清楚阿波利奈尔和圣日耳曼教堂的关系，我参观了这座并不著名的哥特式建筑。可我那时对法语知之甚少，终于未能如愿，倒是意外地发现了门厅里悬挂着 17 世纪哲学家兼数学家勒内·笛卡尔的一幅画像，原来这位客死异乡的天才的遗骨在运回祖国后的一段时期里曾埋葬于此。

由于年幼时体质虚弱，笛卡尔养成了早上睡懒觉的习惯，这种习惯即使在他入伍（其目的也像许多年轻人一样是为了看世界）的日子里仍未改变过来，据说他的大部分数学发现和哲学方法都产生于早晨这段适宜冥想的时间。在 20 世纪中叶，笛卡尔的一位喜欢危言耸听的同行认为，笛氏的所有成就都是他爱好数学的结果。

事实上，笛卡尔首先在几何学上有所创新，后来才把心思用在哲学方面。有意思的是，他最重要的数学著作《几何学》是作为《方法谈》的附录三发表出来的，因为此前他获知，伽利略由于证实了哥白尼的太阳系理论而遭到教会的迫害。可是，正是这个附录连同一只落地的苹果激发了为躲避瘟疫返乡的英国大学生牛顿的灵感，发现了万有引力定律。

正如笛卡尔的成就主要是在荷兰取得的，巴黎也为无数的外来人提供了灵感。在巴黎的一个多星期里，我曾多次乘地铁从协和广场下面穿过，差点把这个巴黎最大最有名的广场给错过了。这儿正是20年代风靡美国诗坛的意象派代表作《地铁车站》的诞生地。

1911年的一天，旅居伦敦的美国诗人艾兹拉·庞德来到巴黎，当他在协和广场走出地铁，突然在人丛中看到一些姣好的面孔，写下了那首后来被删得只剩下两行的诗歌，"人群中涌现的那些脸庞：潮湿黝黑树枝上的花瓣。"据说初稿有三十行，半年以后删掉一半，一年以后才定稿。

欧洲的广场实在太多了，几乎每个十字路口都叫什么广场。和北京的天安门一样，这儿到处都是游客，爱丽舍宫（就像中南海）也坐落在广场的西北方向。我在靠近香榭丽舍大街的一个小角落伫立良久，一位艺人正在那里别出心裁地献演舞蹈，她用简陋的道具在公众面前频频换装，利用木偶扮演多种角色，吸引了很多游人。

演出结束时，录音机里放起了庄严雄伟的进行曲，观众纷纷上前，把一张张纸币投进她手中的帽子。街头表演是西方的一项传统，尤其在巴黎，地铁车站和车厢、河边、桥头随处可见，有时在晚上，巴黎圣母院附近的塞纳河上，一座桥上同时有三伙人在作表演，有些外国青年还带来音响引吭高歌一番。

间或，一艘艘满载游人的船只从桥下穿过，华丽的灯光照向两岸，引来一阵欢呼雀跃。场面十分感人，我想我以后我会时常回忆起来的。这对于每一个健康的人来说是多么需要哦，而对那些心智有残缺的人来说，难道还有比这更令人向往的风景吗？

27. 迷失在巴黎的中国人

　　下午我乘车经过 18 区的泉水街（Rue Fontaine），忽然想起了 18 世纪法国画家安格尔，这位古典主义大师在女性柔软的肉体中找到了"美的理想"，他 70 多岁时创作的带有慵懒的媚态但却无邪的名作《泉》曾经激发过我学生时代的写作灵感。有一年夏天，我在北京王府井购得一只印有《泉》的瓷盘，视若珍宝，竟然完好无损地保存至今，而我在前一天参观卢浮宫时却没有留意。

　　安格尔是一位运用线条的大师，他认为素描是对艺术家诚实的考验，他说过，"在素描中包含了艺术的尽善尽美"。虽然他漫长的一生也画过不少表现神话和历史的题材，但始终不怎么成功。安格尔，由于他那几乎是孤立的色彩和中国式的白描，一直被他的同胞们称作是"在巴黎的不为人知的中国人"，或"一位迷失在巴黎的中国人"。哦，巴黎，我也迷失在你的喉咙里，迷失在你树汁的手臂、流水的背影和光芒的秀发间。

　　迷恋巴黎的不仅仅是我，北京诗人王家新从比利时打来电话，他

安格尔的《泉》。画家耗时 26 年完成。

正在根特参加一个朗诵会，周末要到巴黎来。没想到他带来了一帮朋友，Iege Vanwalle（万伊歌），她的硕士论文（关于中国当代诗歌）已在北京师范大学获得通过；伊歌的男朋友彼得（杨培德），比利时歌星，他的名片上写着：他的个人事务的部长；伊歌的姐姐；以及定居巴黎的比利时诗人扬（Jan H. Mysjkin），今晚他们就借宿在他家。

　　我向宋琳建议去圣米歇尔广场，最后他和已到巴黎的王家新约定晚上九点在广场的喷泉边会面，但他们却因不熟悉巴黎迟到了一个小时。我们来到上次和北岛一起喝酒的地方，宋琳的身体已有起色，北岛却因故未能到场。我和彼得邻座，他为自己和美国网球明星张德培几乎同名而惊讶，我们谈起近来在西方走红的几位歌星，这从巴黎街头的 T 恤衫上也能作出判断。

诗人宋琳（右）和王家新在巴黎。作者摄

　　我提起 Tracy Chapman，彼得也对这位突然大红大紫却迅速隐退的女歌星迷惑不解，她似乎已被人们遗忘了，即使在美国，我只是在前年冬天，在旧金山北部的小城 Santa Rosa 的一家小酒馆里听到过留声机里播放她唱的歌《快车》和《谈论革命》。彼得的车还有一个空位，他们将于明晚返回根特，我被邀请去比利时。

　　实在是太遗憾了，如果我的机票推迟一天，或者他们早一天来巴黎。值得回忆的是，我们曾在地球上两个相距遥远的地方会面，和宋琳在上海和巴黎，和王家新在北京和巴黎。需要提及的还有，几年以后我曾在根特逗留，了解到彼得是比利时的一位红歌星，我给他和伊歌打过电话，却没人接听，也不知他们是否还是一对。

28. 青年旅店和购物

　　我的行装实在太简单了，一只手提包和一只破了背带的背包，依然一副十多年前的中国大学生假期回家探亲的样子。我从上海出发时，没有人把我当成出国去的旅客，这无疑也打消了小偷的邪念。但是在巴黎，一天晚上我回来，却发现青年旅店的黑人清洁工把我的小包给处理掉了。幸好我的东西大多放在宋琳家里，包里只有够两天换穿的衣服，但的确让我难受了一夜。

　　次日早晨我一直等到她上班，却发现这位从非洲的某个法属殖民地来的老妇人一口土语，连服务员也听不懂她说的话，只好作罢。明天我就要离开巴黎，晚上我向店主提出了抗议，并表示要报告警察，在场的三个芬兰小伙子也当即鼓动我，如需要与店主斗争会给我支持。后来店主象征性地赔了我一点钱了事，但那件印有 JA 字样的 T 恤却再也找不回来了。

　　虽然发生了不愉快的事，我还是对青年旅店很有好感，他们既赚了钱，同时也帮助全世界的年轻人了解了世界。我还发现，西方的老

作者初访巴黎下榻的青年旅店。

板最怕客人抱怨，记得有一次我在加州时乘灰狗去洛杉矶，提前买了车票，后来却因前一站多上了五位乘客，我和另外四位老美只好等下一班的车。我因为朋友约好了时间来车站迎接而有些焦虑，在检票员（碰巧也是站长）面前抱怨了几句，旋即退回了车票钱，并安排在下一趟车走。

终于快到了告别的时候，临行的前一天上午，我很早就离开了旅店。头天和王家新他们约好，上午我们分头行动，中午通过宋琳联系，下午由扬带我们一起去参观巴黎的公墓。后来我终于因行色匆匆错过了和宋琳联络的机会（按照预定的时间宋琳的电话忙音，他家又没有 waiting call）。

我最后一次去了北站，并在托马斯·库克银行前合影留念。下午三点，我匆匆赶往巴斯底广场的一家超级市场。因为我想去香榭丽舍大街上吃顿晚餐，然后去宋琳家告别并取行李，我的采购时间十分有限。幸亏我离开美国时的经验帮助了我，我果断而迅速地做出了选择，买了一些化妆品、首饰、印有巴黎字样的 T 恤衫、茶具、一次性使用的刀片和几捆小瓶装的葡萄酒。

巴黎的名声不仅吸引了游客，同时也使得她的商品走俏，任何东西一旦印上"巴黎"字样便身价倍增，巴黎为法兰西带来了巨额的财富。"像游手好闲者一样，知识分子走进了商店。"本雅明的话语又在我的耳边响起。

29. 从巴黎到莫斯科

　　我虽然到过许多著名的国际机场，但是夏尔·戴高乐的名气之大，恐怕只有纽约的约翰·肯尼迪机场可以与之媲美。一个新建筑的取名之重要，有时胜于建筑本身。我访问旧金山时就有过感想，湾区有许多大桥，例如旧金山－奥克兰大桥，长度远甚于金门大桥，外观也不亚于后者，只是取了个平庸的名字，就不大为世人所知了。

　　金门大桥却已成为旧金山的首要标志，就如同自由女神之于纽约，艾菲尔铁塔之于巴黎，悉尼歌剧院之于悉尼。我想起杭州新近落成的钱江二桥、钱江三桥，实在太可惜了。上海的杨浦大桥和黄埔大桥也一样，还有正在建设中的萧山国际机场，为什么不叫白居易或苏东坡国际机场，要是想到全中国的机场绝大多数是以地名命名的，更是令人感到可惜了。

　　特快地铁 B 线很快就把我直接带到了戴高乐机场的第一候机区，国际机场的构造都差不离，只不过这儿非洲的航空公司多一些（或许是最多的）。下午一点半飞机准时起飞，从机上的服务设施到空中小姐的穿戴，都说明了俄罗斯目前的状态。由于价格低廉，吸引了很多非洲的乘客，有不少马达加斯加人，他们先从巴黎飞到莫斯科，再从那里换机南下至南部非洲的岛国。

应该说这是俄国人的生意经，由于声誉不好，乘客锐减，就有了这一计策。幸好那时我未曾听说图－154飞机的坠机事故，所以没有心理负荷。我和邻座的一位电影导演聊了起来，出于经济方面的考虑，他已经改拍商业广告，最近他为俄罗斯最大的银行拍摄一组镜头，是关于九个古代国王的传奇故事，每个故事四十五秒，他刚刚从秘鲁回来，那儿曾经有过"印加帝国"。他为后羿射日的故事所迷惑，打算下一次来中国。

莫斯科郊外的黄昏。作者摄

　　我有点羡慕起这位大胡子导演的职业来，他还和我谈起他对东方文化的看法，他认为古代中国人比日本人的思想要严谨，理由是，日本人的俳句只有三句，而中国人的诗词是四行或八行，非常讲究对称。经过三个多小时的飞行，我们很快到达莫斯科的谢列梅捷沃国际机场。从机窗里俯视，莫斯科郊外的森林面积远远多于耕地。

　　在巴塞罗那时，与我一起参加 JA 会议的俄国同行罗加切夫博士对我计划中的莫斯科之行非常担忧，给了我他父亲和弟弟的地址、电话，并为我写下几句常用的俄语，比如公用电话亭在哪里呢？地铁车站怎么走呢？罗加切夫从莫斯科大学毕业后，在远东的哈巴罗夫斯克找到了工作，他在外资企业工作的妻子便和他离婚了。

　　罗巴切夫的西班牙之行目的显然是为了在西欧或美国寻求职位。但这又谈何容易，这位老兄只会一点点德语，英语又说得结结巴巴，尽管苏联解体后西方教授以收留俄国学者为荣，几乎成为一种时尚，可是直到会议闭幕，仍无人向他伸出友谊之手。而我的口袋里虽然装着他的电话号码，却没有一点用处。

30. 返回：另一个世界

幸亏没有连通封闭的廊桥，我才有机会踩踏俄罗斯的土地。当我们走下玄梯，一股凉风迎面吹来，我们乘坐空港巴士来到候机室，和准备等机的俄罗斯旅客隔窗相望。有人告诉我可以在机场买到短期的签证，但等我找到签证室，却已经下班，我这才最后确认这次不会访问莫斯科了。候机大楼里灯光昏暗，免税商店的商品价格贵得惊人，和巴黎如出一辙。

不同的是，美元成了这儿仅有的流通货币，卢布、法郎、英镑和马克都无效了，我和商店的女主人聊了几句，原来旁边兼卖录像带和 CD 的书店也是她的。我花十美元买了两瓶简装的伏特加，作为回国的礼品。漫长的五个小时，连个打电话、买水果、喝咖啡的地方都找不到，因为除了这个富婆开的店以外，所有的商店都关门了。

零点时分，莫斯科的市民们尚未进入梦乡，我们便开始登机了。八个人一排的飞机，耳朵里灌满了上海腔，乘客大多是些衣着不整的生意人。从莫斯科每周各有一个航班飞北京、上海和香港，票价一致。

几位俄罗斯"空中太太"依然毫无表情，邻座的立陶宛电器工程师送我几张纸币做纪念，卢布与美元的汇率已经跌至九千比一。

出乎我的意料，飞机向东偏北飞行，虽然，莫斯科的纬度将近56度，而上海的纬度只有31度。但我以往飞越太平洋的经验告诉我，这是飞往北京和东京的最近的航线。黎明加快了步伐到来，不一会就看到了日出，这是到达西伯利亚之前的日出。俄罗斯的地域广阔，十二个小时也飞不到白令海峡，而把阿拉斯加出售给美国恐怕是俄国人干下的最蠢的一件事★。

《列宁、斯大林和万宝路》（丙烯画）。

按照地理学的划分，乌拉尔山脉以西均属于欧洲的版图，但是俄国从来就被视作另一个世界。在西欧人的心目中，俄罗斯始终是亚洲边缘一个游移不定的民族，他们直到发现美洲新大陆以后才对俄国人略有所知。因此，从某种意义上说，西欧发现沙皇帝国与发现阿兹台克人和印加人的帝国是同时发生的事。这当然与恶劣的天气有关，我在旅途中遇到的一位澳大利亚人曾经这么对我说，除了黑海的索契一带，俄罗斯的其他地方都不适合人类居住。

可是，正当西欧与美洲的关系日趋紧密之时，与俄国的关系却并非如此。一方面，俄国 19 世纪以来的文学、音乐和芭蕾舞使得欧洲的知识界为之陶醉。另一方面，西欧甚至东欧对于俄国历来存有怀疑和惧怕。事实上，许多西欧的知识分子都把俄国排斥在"西方"之外，包括伯特兰·罗素（参见《西方的智慧》，世界知识出版社）。

这使得俄国不得不在军事上变得日益强大，成为 20 世纪的一支主要力量。从这个意义上说，西方应该感谢蒙古人，1240 年，成吉思汗的儿子窝阔台占领了基辅，将俄国人赶到了北方，这才有了后来的莫斯科，比起基辅来远了一千千米。无论如何，欧洲在过去近一个世纪里的境况是西方与俄罗斯相互不信任造成的。遥望东南，我那唯一的祖国，文明古国中硕果仅存的大国，又是"另一个世界"。

---

* 1867 年，当美国国务卿西沃德通过谈判，以 720 万美元从俄国手中购得阿拉斯加时，被同胞认为是"西沃德干的一件蠢事"。

访谈：我的生命由旅行组成

编注：这篇文字是南京女作家罗玛受广州《城市画报》之托，对蔡天新进行的采访，时间是 2003 年春天。8 年过去了，蔡天新游历的国家和地区从 60 个增加到 94 个，他也对自己的回答进行了相应的修正和补充。

罗：如果在世界地图上把你去过的国家涂上一种颜色，这种颜色占陆地总面积的比例是多少？

蔡：大约 60%。如果把无人居住的南极洲——我只是在从阿根廷到新西兰的旅途中俯瞰过——排除在外的话，这个比例将是 66%（世界的三分之二），其中北美洲 93%，南美洲 76%，亚洲 76%，大洋洲 89%，欧洲 99%（只剩下冰岛和塞浦路斯未及造访），非洲 11%。

罗：我看过余秋雨教授的《行者无疆》，他的随行人员有 60 多位，浩浩荡荡的一个车队。你在旅途中会感到孤独吗？

蔡：余教授的出行让人羡慕，至少旅费和办理签证方面的事用不着他操心了。他努力在历史和现实之间寻找契合点，给人们以启迪，加上媒体的宣传和频频出镜，使他拥有众多的读者。我的文字更想表达的是一种自由的声音，并把这种声音传递给大家。几千年来，我们的祖祖辈辈被限制在这片黄土地上，即使到了21世纪，我在旅途中还经常被误认为是日本人或韩国人。当一个人享受自由的时候，他的孤独也是甜美的。

罗：周游世界是很多人的梦想。我很好奇，是什么样的机会使你能够在18年的时间里游历了那么多的国家和地区？

蔡：有关数学和文学的活动各引导我去了约30来个国家，其余30来个国家和地区则由一些即兴旅行完成。我不喜欢用"自助"这个词（他的表情里有一种本能的抗拒），因为它原本就是旅行的属性之一。有一个意念始终支持着我，我在答《东方时空》记者里甚至断言，"我们绚丽多姿的生命是由一次又一次奇妙的旅行组成的"。

罗：但你毕竟生活在中国，不可能每个国家都仔细游览吧？

蔡：那自然，不过也有例外。我在美国居留过两年，第一个夏天在硬座车厢里度过了20多天，第二个夏天驾车跑了三万千米，加起来共有46个州。而法国我曾以20多种不同的方向进入。

罗：很过瘾哦！你最喜欢哪一座城市？最让你难忘的又是哪一次旅行？

蔡：上个世纪末，美国《国家地理》杂志读者投票评选出"一生中最值得一游的十座城市"，她们是巴塞罗那、香港、伊斯坦布尔、耶路撒冷、伦敦、纽约、巴黎、里约热内卢、旧金山、威尼斯。到2002

年，我已经游历了其中的 9 座，耶路撒冷 2009 年才获得机会，从中筛选有点难。我在《数字和玫瑰》后记里写道，"地图上的每一个小圆点下面都居住着一个种族，他们以迥然有别的方式生活着，能够得以亲近自然是一桩美妙的事情"。如果存在刻骨铭心的旅行的话，那一定是新千年之初的拉丁美洲之行，对我有着非凡的意义，正是在那里我开始结识不同语种的诗人，他们让我体会到了世界文学大家庭的温暖。我不仅学会了一门新的语言，我的第一部外文版诗集《古之裸》也是在那个大陆出版的。

罗：你的数学才能对现实生活有帮助吗？比如说在旅途中，你是否能在最短的时间里对经济支出做出最合理的计算？

蔡：有三个夏天我来到巴黎，每次都没有义务地逗留十天以上。巴黎是一座值得回味和重访的城市，那里自由的空气让我试着学做金融交易，我发现我完全可以自食其力。而在其他物价昂贵的城市，前些年我一般选择青年旅店或家庭旅店，那样既便宜又可以结交朋友。

罗：对于那些想环球旅行的人，你有什么建议和忠告吗？比如要进行哪些准备？

蔡：我曾经两次绕地球走了一圈。一次自东向西，用了 49 天；另一次自西向东，用了 14 天。我认为要成为一个环球旅行者，首先必须是一个梦想家；其次，要做好精神上的准备，而不仅是物质上的准备。有不少人问我签证有什么窍门？因为中国的护照不太管用，尤其你要是在国内申请的话，领事馆的中方工作人员就把你挡驾了。有一次我向瑞士驻上海领事馆申请签证，接电话的人告诉我瑞士不给中国人旅行签证，我回答说，领事馆的首要任务就是给人发放旅行签证，不信你让签证官接电话，后来的一切就顺利了。

罗：你去过不少发展中国家，你认为它们与发达国家之间的显著区别是什么？

蔡：可能是环境吧，那比什么都重要。这不仅与经济基础有关系，更依赖于人们的生活观念。比起17、18世纪的欧洲来，我们现在的经济总要发达一些吧？不过，即便在西欧，仍存在微妙的差异。例如，在瑞士的任何一个角落，你很难看到输电线或电话线，它们全部埋在地下，而在法国乡村，这一点尚不能做到。又如，多年以前，台湾的外汇储备跃居世界前列。可是，一位"议员"先生指出，假如要把台北的地下管道铺设得和巴黎一样好，这些外汇还远远不够。另一方面，欠发达地区的人民对外国旅行者更为热情。

罗：听说你每次去国外参加数学会议，都在旅行包里塞上自己的诗集或自编的诗歌小册子《阿波利奈尔》，分发给与会的数学同行？

蔡：（笑）没有的事，那样的话下次谁还会来邀请我呀。唯一的例外是，2001年春天我参加了福冈的中日数论会议，会后出版的论文集扉页上印了我的一首献给费尔马的诗。

罗：除了数学会议以外，你还经常参加国际诗歌节。比较而言，你更喜欢哪一项活动？

蔡：恐怕是诗歌节。诗人们来自世界各地，被五颜六色的观众环绕着，他们下榻在五星或四星级宾馆里，每天享受着美味佳肴，组委会还提供双程机票和出场费。这大概是诗人比小说家优越的地方，要知道，欧洲的诗歌节比电影节还多。

罗：看来外国诗人的处境还不错。据说你的头发是在写诗以后变黑的，诗歌能给我们带来什么？

蔡：这多少像是一个奇迹。我有过非常寂寞的童年，以至于"白了少年头"。（参见拙作《小回忆》，北京三联书店，2010）这说明诗歌至少可以用来做染发剂，诗歌还可以帮助我们理解并面对各种苦难，生活的变故，甚至死亡的来临。有一次，我的一位同事非常急切地找到我，他在上海读大学的侄儿失恋了，跑到杭州，他不知道如何安慰。对一个民族来说，诗歌可以让语言保持鲜活，如果仅仅有报纸、电视或网络，语言就会不断僵化，汉字也会被汉语拼音取代。

罗：你说过与现代诗歌最接近的艺术是绘画，同时谈到"至少在目前这个阶段人类的听觉在智慧方面的接受能力不及视觉"。这是否意味着当我们进入"读图时代"，与心灵最亲近的诗歌也变得急切和功利起来？

蔡：或许你已注意到我的书里有许多图片，有不少是我旅途中拍摄的。这些图片是文字的注释。与此同时，我对图片也进行了文字注释，这好比物理学中的自相似性。至于你说的功利现象可能只是表面上的，我始终认为，真正的诗歌提升了诗人和读者的生活质量。

罗：你还说过，"诗人似乎是生活在边远地带的一个部落，他们的灵魂像几行孤雁飞过天空"，这听起来多少让人有些伤感。

蔡：比起其他文学或艺术体裁，诗歌在历史长河中辉耀的时间更久一些。但即使在今天，优秀的诗歌给予人们内心感受的动力也是无法估量的。可是，并不是每个诗人都具有文字以外的谋生才能。

罗：不管怎么说，相对于诗歌而言，人们对数学更加陌生。在一般人眼里，数学几乎是枯燥的代名词。数学与诗歌，两者是如此不同甚至矛盾，你是怎样将它们统一起来的呢？

蔡：既然许多数学家能做政治家，我写点诗歌又算得了什么。从本质上讲，数学和诗歌是人类最自由的两项智力活动。我倒是觉得，如果一个人既写诗又搞化学实验，或者既当领导又研究数学，更让人不可思议。

罗：你的多重身份既容易引入瞩目，同时，是否也容易使人忽视对你诗歌本身的关注？

蔡：恐怕是的，包括读者、批评家、媒体甚至诗歌同行，中国诗歌界有许多小圈子，有些诗人对交往比对写作更感兴趣。不过，我的诗歌在国外出版比较正常，也没有人拿我的多重身份做文章，我的法文版诗集上没有提及我的职业，出版商觉得没这个必要。

罗：《数字和玫瑰》是一本罕见的书，它涉及数学、物理、诗歌、绘画、地图、旅行……你认为你是一个学识渊博的人吗？

蔡：写作的时候可能是吧。许多事物在我的记忆里很模糊，仅仅是在特定的时间里才突然变得清晰，并相互联系在一起。

罗：就我所知，很多人并没有读过你的诗，但你的随笔和游记却令他们耳熟能详，你在《书城》杂志上开过多年的游记专栏，《地图》杂志上的专栏已经连续七八年了。作为一个诗人，你有何感想？

蔡：你说的是汉语读者吧，非汉语的读者情况可能正好相反。在现阶段的中国，人们更渴望对外面世界的真实了解。顺便提一下，我的游记不同于通常意义的游记，很多时候我只是把旅行作为一种写作线索。至于我的诗歌，她们并不难读，只是缺少必要的载体和契机，不过我相信，总有一天她们会进入人们的书房。

罗：你投入翻译的精力并不多，却很受好评。与写作相比，你更倾心于哪一种创作方式？

蔡：从某种意义上讲，写诗就好比饮酒作乐，既是生活的一部分，又是生活的外延；既是一种虚拟的点缀，又反映了真实的内心。如果把翻译和游记相比较，前者仿佛探望一位心仪已久的人，后者则像是故地重游。我曾受邀参与编辑《大学语文》新读本，主要负责现代诗和外国诗的遴选，还出版了译作集《美洲译诗文选》和《与伊莉莎白同行》、《南方的博尔赫斯》这两部游记体的外国文学著作，主编了注释本的读物《现代诗100首》蓝、红卷。

罗：你说过你酷爱跳舞，尤其那种可以随时起舞的拉丁音乐。能说说这方面的爱好是什么时候开始的吗？

蔡：我大学毕业那年还属于 teenage，我甚至不知道班上谁和谁谈过恋爱，跳舞当然是后来学会的。在开始写诗以前，我把所有种类的音乐都听了一遍，还有绘画。我认为凡是美妙的音乐都可以跳舞，心灵的舞蹈或是身体的舞蹈。

罗：说到身体的运动，我还知道你的足球踢得不错，这有助于精神的活跃吗？

蔡：大概我的爆发力和平衡能力还可以，我尤其爱好身体接触、对抗的运动，摔跤和足球也在其中。小时候在乡村，我喜欢玩一种推人的游戏，就是一个人站在灰堆上，另一个人冲上去拉他下来。足球方面最值得我骄傲的战绩是有一年的大学教工足球联赛，平均一场比赛我踢进 1.4 个球，成了无冕的"足球先生"。不过·35 岁以后，我只看或关心足球了，但篮球和网球还偶尔为之。

罗：最后一个问题，你的下一个目的地在哪里？能否送一句话给读者？

蔡：（2011）春节后要去纽约，曼哈顿的一家诗歌俱乐部和美国亚裔作家工坊都邀请我去开个人朗诵会，然后到中美洲的尼加拉瓜参加一个国际诗歌节。这里，我想把优米网演说里的一句话送给大家：我们应该珍惜有限的生命，创造出一种属于自己的生活。不然的话，我们将要付出和拥有的一切，都会是他人生活的翻版。

后　记

过去的 18 年间，我的大部分诗歌是在旅途中完成的，并且奇迹般地在每个大洲或地域都留下了诗篇，而写作这些不分行的散文（随笔或游记），却总是要返回自己的书房。这无意中证实了这样一个论断：独身生活适合于诗歌，家庭生活适合于散文。

可以想像，假如没有那些令人眼花缭乱的旅行，我的写作将完全有别于今天。与那些因为种种原因移（客）居海外的同胞们相比，我只是一个旅行者，多少有些浮光掠影地看待这个世界，也因此获得一份轻松。不过，对于那些喜欢梦想的人来说，有时一个小小的细节就可以回味无穷。

几年前，本书的第一个汉语版本即由台湾博志文化有限公司出版。《飞行》既是一首写于南美的诗的标题，也是本书主要组成部分"49 天环游世界"采用的旅行方式。之所以用副标题"一个诗人的旅行记"，是因为繁体字版同时也推出了我的另一本书《漫游：一个旅行者的诗集》。

本书的相当一部分内容曾在《经济观察报》和《南方都市报》连载，其中日本数论会议那段文字，也在《中国数学会通讯》（内刊）上全文登出过，那还是在中日关系紧张的时段。感谢这些报刊的编辑，正是由于他（她）们的鼓励和厚爱，才使得本书初稿得以顺利完成，而修润和补充得益于后来的旅行。

"请客人们旅行吧 ／ 美丽的金斑蛾 ／ 鼹鼠绯红的手 ／ 开蜡花的灌木丛 ／ 小溪的喧响之流 ／ 青草在身后起伏不定"这是拙作《最高乐趣》的开篇。值此中国首个旅游日的吉时良辰，向所有喜欢旅行，并愿意为之付出努力的朋友致敬！祝你们心想事成，早日抵达向往的地方或国度！

蔡天新

2011 年 5 月 19 日，杭州

图书在版编目（CIP）数据

飞行 ：一个诗人的旅行记 / 蔡天新著 . —— 杭州 ：
浙江大学出版社，2011.6
ISBN 978-7-308-08707-0

I. ①飞⋯ II . ①蔡⋯ III . ①游记－作品集－中国－
当代 IV. ①I267.4

中国版本图书馆 CIP 数据核字（2011）第 092277 号

飞行：一个诗人的旅行记
蔡天新 著

责任编辑	王志毅
文字编辑	罗 丹
装帧设计	罗 洪
出版发行	浙江大学出版社
	（杭州天目山路 148 号 邮政编码 310007）
	（网址 : http:// www.zjupress.com）
制 作	北京百川东汇文化传播有限公司
印 刷	北京中科印刷有限公司
开 本	880mm×1230mm 1/32
印 张	8
字 数	138千
版 印 次	2011年7月第1版 2017年3月第2次印刷
书 号	ISBN 978-7-308-08707-0
定 价	36.00元